Katharinas besondere Welt

Sieh das Leben mit meinen Augen

Katharinas besondere Welt

Sieh das Leben mit meinen Augen

FSC
www.fsc.org
MIX
Papier aus verantwortungsvollen Quellen
Paper from responsible sources
FSC® C105338

Herstellung und Verlag: BoD – Books on Demand, Norderstedt

ISBN: 978-3-7322-8438-2

Bibliografische Information der Deutschen Nationalbibliothek

Die Deutsche Nationalbibliothek verzeichnet diese Publikation in der Deutschen Nationalbibliografie; detaillierte bibliografische Daten sind im Internet über www.dnb.de abrufbar.

Vorwort

Dieses Buch ist unserer kleinen Tochter Katharina gewidmet, die seit ihrer Geburt an einem äußerst seltenen Gendefekt leidet. Katharina ist zwei Jahre alt und eine richtige Kämpferin. Als Familie lebt man urplötzlich von einen auf den anderen Tag, ohne zu wissen, was der nächste Tag bringt. Die Erkrankung ist bis heute nicht vollständig erforscht und man kann keine konkreten Aussagen zum Ablauf der Entwicklung und zur Lebenserwartung der Patientinnen und Patienten geben. Vorwiegend sind Mädchen von der seltenen genetischen Veränderung betroffen.

Katharina ist ein sehr fröhliches Mädchen und schafft es immer wieder, ihre Familie und die Menschen in ihrem Umfeld mit ihrer besonderen Art zu faszinieren.

Dieses Buch erzählt die ersten beiden bewegenden Jahre von Katharinas Geschichte!

Kapitel 1

Ein Stern am Himmel

Weit oben im Himmel gibt es Millionen von Sternen. Sie alle stehen an der Seite Gottes, unseres Vaters. Jeder einzelne Stern beherbergt ein unschuldiges und ungeborenes Leben, das darauf wartet, auf die Erde geschickt zu werden und die vielen Menschen mit neuem Leben glücklich zu machen. Auch ich war einmal ein Stern am Himmel. Wir alle waren irgendwann einmal Sterne des Himmels. Kaum einer von uns kann sich an die Zeit vor seiner Geburt erinnern. Und doch ist sie einer der bedeutendsten Augenblicke unseres Seins. Wer wir sind, wer wir sein werden und ganz besonders wohin wir gehen, wird in einem einzigen Augenblick unser weiteres Leben bestimmen. Lange Zeit schaute ich als leuchtender Stern auf die Erde hinab und sah all die vielen glücklichen Gesichter, die neues Leben empfangen durften und auch die kleinen Babys, die das Licht der Welt erblickten. Sie waren von Gott dem Herrn zu ihren Eltern geschickt worden, um von ihnen geliebt zu werden. Aber es gab auch traurige Menschen da unten auf der Erde. Frauen, die eigentlich gar kein Kind wollten. Paare, die nach langer Zeit des Wartens auf ein Baby endlich dachten, sie würden ihren Wunsch erfüllte bekommen und verloren ihn doch kurz darauf wieder. Ja, alle diese Dinge sind Gottes Fügung, der wir uns nicht widersetzen können. Jeder von uns Sternen hat einen Engel, der uns während unserer Zeit im Himmel begleitet und uns viel von dem Leben auf der Erde erzählt. Manche Dinge habe ich bis heute nicht verstanden. Wieso schenkt Gott neues Leben und nimmt es wieder? Warum schenkt er Menschen Kinder, die keine wollen und lässt die außer Acht, die sich so sehnlich ein Kind wünschen? Auch ich hatte einen Engel. Er hieß Jonathan und er war ein weiser Engel, der schon viele Male auf der Erde war und so manche Geschichte erzählen konnte. „Keiner kennt die Erde und die Menschen, die dort leben, so gut wie du, Jonathan“, sagte ich einmal zu ihm. Eines Tages fragte ich Jonathan, wieso ich schon so lange ein Stern bin und andere viel schneller ihren Weg auf die Erde antreten, um eine Familie zu bekommen. „Du bist etwas ganz Besonderes“, sagte Jonathan. „Viele Menschen haben Angst vor dem Besonderen und dem, was damit verbunden ist. Du bist nicht wie die vielen anderen kleinen Seelen, die wir jeden Tag zur Erde schicken“. Ich verstand anfangs nicht, was Jonathan damit meinte. Ich fragte ihn danach, doch seine Antwort war kurz. Er sagte: „Das wirst du schon bald erfahren“. Wieder verging viel Zeit und ich wartete und wartete bis Jonathan mich endlich holen kommen würde. Wenn die Engel kommen, um einen Stern abzuholen, dann darf dieser die Reise als neues Leben auf die Erde antreten. Jonathan kam oft zu mir. Mitgenommen hat er mich jedoch nicht.

Eines abends als es auf der Erde dunkel wurde und wir Sterne anfingen zu leuchten, wie wir es jeden Abend machten, kam Jonathan wieder zu mir. Ich freute mich schon auf eine neue Geschichte von ihm. Diesmal war es aber anders. Jonathan war festlich gekleidet. Seine Engelsflügel leuchteten so hell, wie ich es niemals zuvor gesehen hatte. Heute musste einfach der Moment gekommen sein, dachte ich mir und sah ihn mit großen Augen an. „Komm, Liebes“, sagte er zu mir und reichte mir seine Hand. Da war er also, dieser Augenblick auf den ich so lange gewartet hatte. Ich war sehr aufgeregt. Jonathan hatte mir ja schon so viel über die lange Reise zur Erde erzählt. Wie würde das wohl sein? Wir gingen Hand in Hand an vielen anderen Sternen vorbei, die mich alle seltsam ansahen. Hatte ich auch all die anderen Sterne so angesehen, als sie immer an mir vorbeigingen? Ich konnte mich daran überhaupt nicht erinnern. Ich konnte es nicht verstehen. Nach kurzer Zeit kamen wir an ein großes Tor. Ein Tor so groß, wie ich es nie zuvor gesehen hatte. Wir gingen hindurch und trafen dort viele andere Engel, die scheinbar auf etwas warteten. Es kam ein weiterer Engel hinzu. Er war groß und, anders als die wartenden Engel und auch anders als Jonathan, vollständig in Gold bekleidet. Sein Gewand leuchtete heller als jeder Stern, den ich je gesehen hatte. Seine Engelsflügel schimmerten in den schönsten Farben, wie der Regenbogen, den ich einmal unten auf der Erde gesehen hatte. Jonathan begleitete mich noch ein Stück bis zum goldenen Engel. „Du bist also unser kleines besonderes Mädchen“, sprach er zu mir und lächelte mich mit seinem liebevollen Gesicht an. „Wir möchten dich heute auf die Erde entsenden. Du wirst ein neues Zuhause bekommen bei Menschen, die dich lieben werden so wie du bist“, ergänzte er und sah Jonathan an. „Es gibt eine Familie da unten auf der Erde, die sich nichts sehnlicher wünscht, als ein kleines Mädchen in ihren Armen halten zu können. Die Mutter hoffte bislang so sehr vergebens auf eine Tochter, gebar sie doch bisher drei gesunde Söhne.“ Jonathan sah den goldenen Engel mit großen Augen an und sprach zu ihm: „Aber wieso ausgerechnet zu dieser Familie? Sie haben schon drei Kinder und der Vater ist viel arbeiten und selten da. Die Söhne sind gerade in einem Alter, in dem sie viel Erziehung und Aufmerksamkeit benötigen. Auch der Mutter geht es oft nicht sehr gut in dieser gesamten Situation.“ Doch auch darauf hatte der goldene Engel eine Antwort: „Du hast Recht, Jonathan. Und es wird auch nicht leicht werden für die Familie. Vor allem die Mutter wird anfangs große Schwierigkeiten haben, das Kind anzunehmen. Doch am Wichtigsten ist die Liebe. Die Liebe, die diese Menschen in der Familie unserem kleinen besonderen Stern jeden Tag zuteil werden lassen. Sie werden sich freuen über Dinge, die für sie bislang normal waren. Es wird auch Tage geben, an denen sie sich kraftlos fühlen durch die vielen neuen Herausforderungen, die ein besonderes Kind mitbringt.“ Was redeten die beiden denn da nur? Ich verstand immer weniger von dem Ganzen. „Was ist an mir denn so besonders!“ rief ich plötzlich. Die beiden schauten mich stumm an. „Aber Liebes“, sagte Jonathan. „Hast du das noch nicht gespürt?“ Gespürt? Was sollte ich denn gespürt haben? „Du bist deshalb ein besonderer kleiner Stern, weil du anders bist, als die vielen Sterne da draußen“. Jonathan nahm mich in den Arm. „Du wirst deinen Eltern und Geschwistern viel Freude bereiten. Doch du wirst für alles sehr viel länger brauchen als andere Kinder. Ob du alleine sitzen, krabbeln oder laufen kannst, liegt nicht nur in unseren Händen, mein Kind. Vieles wirst du vielleicht niemals können oder nur mit großer Anstrengung. Die Liebe deiner Familie allerdings und die große Fürsorge, die sie für dich aufbringen werden, kann so manches lenken und beeinflussen“, fügte der goldene Engel hinzu. Also das war es, dachte ich mir. Deshalb haben mich die vielen Sterne so seltsam angesehen. Ich war anders! „Es wird Zeit, kleiner Stern. Wir geben dich in diese Familie, weil nicht zuletzt durch ihre gesamten Lebensumstände, du als besonderes Kind dort herzlich empfangen und geliebt wirst. Für die Eltern wird es wird es eine wunderbar intensive Zeit mit dir. Du wirst das ganze Leben der Familie verändern. Dafür werden sie dir nicht böse sein. Im Gegenteil, sie werden dich dafür noch mehr lieben“, sagte der goldene Engel. Ich verabschiedete mich von Jonathan und begann meine lange Reise zu meiner neuen Familie.

Kapitel 2

Die lange Reise zu meiner Familie

Auf meiner langen Reise lernte ich schon etwas über meine neue Familie. Über meine Brüder, meine Mama und meinen Papa. Meine Eltern lernten sich vor neun Jahren kennen. Da war mein ältester Bruder Julian schon vier Jahre alt. Nur ein Jahr später heirateten sie. Mama hatte am Anfang wohl große Zweifel, ob das mit Papa wirklich gut geht. Wie sie mir später erzählte, kam die Liebe mit der Zeit immer mehr. Mein Papa war in Mama verliebt von dem Augenblick, an dem sie sich das erste Mal sahen. Doch was ist das, was die Menschen Liebe nennen? Ich kannte es bisher nicht. Doch woher auch. Ich war lange Zeit nur ein leuchtender Stern am Himmel. Ich wollte es unbedingt erfahren, wie es sich anfühlt geliebt zu werden. Würde ich es jemals kennenlernen, dieses Gefühl? Meine Mama arbeitete mit älteren Menschen und versorgte sie, weil sie das nicht mehr alleine können. Sie hatte gerade erst wieder angefangen, in diesem Beruf zu arbeiten. Vorher kümmerte sie sich um meine Brüder Manuel und Alexander. Papa arbeitete sehr viel. Er war fast nur unterwegs und wenn er mal Zuhause war, dann war er auch die meiste Zeit am Arbeiten. Er hatte kaum Zeit für meine Brüder. Papa sagte immer, er müsse Geld verdienen, dass alle etwas zum Essen, Trinken und Anziehen hätten. Wieder waren da diese neuen Wörter, mit denen ich nichts anfangen konnte. Was war bloß dieses Ding, das sie Geld nannten? Und wie würde es sich anfühlen, zu arbeiten? Alle diese Sachen waren für mich so neu und unverständlich. Meine Eltern hatten viel Streit in den letzten Jahren vor meiner Geburt. Meistens war der Grund die viele Arbeit von Papa. Aber es gab auch viele andere Dinge, über die Mama und Papa immer wieder stritten. Für meine Brüder war das bestimmt nicht schön. Da war doch diese Liebe, von der mir Jonathan immer erzählt hatte. Bedeutet das, dass man nicht liebt, wenn man streitet? Wie gerne hätte ich Jonathan jetzt dazu gefragt und ihn gebeten, mir dies alles zu erklären. Doch er war nicht da. Auf meiner Reise konnte er mich nicht begleiten. Ich wurde unsicher, ob der goldene Engel die richtige Entscheidung getroffen hatte. Wie konnte er mich nur zu einer Familie schicken, die offenbar genug eigene Probleme hat! Was sollen diese Menschen mit mir anfangen, einem besonderen Kind, das so viel Liebe und Aufmerksamkeit braucht? Was würde aus mir werden, wenn sie für mich keine Liebe mehr übrig hätten? Was würden meine neuen Brüder wohl über mich denken, wenn Sie erfahren, dass ich anders bin und viel Aufmerksamkeit brauche? Ich bekam Angst. Angst davor, dass meine Brüder mir die Schuld geben könnten, dass meine Eltern noch weniger Zeit für sie haben. Aber nun war es zu spät. Ich war bereits am Anfang meiner Reise und konnte nicht mehr umkehren. Das wollte ich doch auch gar nicht. Zu lange habe ich auf diesen

Moment gewartet. Endlich durfte ich auch einmal zu einer Familie und die wunderbaren Dinge des Lebens kennenlernen. Doch könnte ich das überhaupt? Ich war mir nicht sicher, weil ich immer noch nicht wusste, was es mit meinen Besonderheiten genau auf sich hat.

Mama und Papa haben in ihrem Leben auch schon sehr viel erlebt. Mamas Kindheit war nicht so, wie sie sein sollte. Sie wuchs die ersten Jahre in Bulgarien bei ihren Großeltern auf. Der Vater von meinem Papa, also mein Opa, ist seit vielen Jahren ein Pflegefall, nachdem er eine Hirnblutung hatte. Als ich als Stern auf meine Geburt wartete, lernte ich im Himmel meine Uromas und meinen Opa, also den Vater von Mama, kennen. Die drei sind wundervolle Menschen gewesen. Sie machten mir immer Mut nicht aufzugeben und weiter daran zu glauben, dass ich eines Tages meine Chance auf ein Leben auf der Erde bekommen würde. Dies gab mir oft Hoffnung und Zuversicht, dass auch ich einmal eine tolle Familie finden werde, die mich bei sich aufnimmt und mich mit meiner Besonderheit akzeptiert. Wenn Jonathan einmal nicht bei mir war, erzählten Sie mir viel von ihren Erlebnissen auf der Erde. Wenn ich so darüber nachdachte, scheint es alles seit langer Zeit vorbestimmt zu sein, wer meine zukünftige Familie sein würde. Vielleicht musste ich so lange ausharren, weil meine Zeit einfach noch nicht gekommen war. Jonathan sagte einmal zu mir, dass besondere Kinder immer zu Eltern gehören werden, die im tiefsten Herzen lieben und stark genug sind, diese Aufgabe und alles, was damit verbunden ist, voll anzunehmen und auszufüllen.

Bei jeder Schwangerschaft mit meinen Brüdern wünschte sich meine Mama, dass sie ein Mädchen in sich trägt. Ja, manchmal war sie sogar enttäuscht, wenn sie erfuhr, dass sie einen Jungen bekommen sollte. So schön stellte sie sich immer die Zeit vor, wenn ihr kleines Mädchen heranwächst und sie die tollsten Kleidungsstücke in ihrer Lieblingsfarbe rosa gemeinsam kaufen könnten. In Gedanken hatte sie jedes Mal das Kinderzimmer in Mädchenfarben eingerichtet und musste diese Vorstellung doch immer wieder aus ihrem Leben streichen. Keine Frage, meine Mama liebt meine Brüder sehr. Doch ein Mädchen würde ihr Glück perfekt machen.

Noch nie hatte ich eine so lange Reise unternommen. Doch mein Ziel schien nun in greifbarer Nähe. Kurz vor meiner Ankunft hörte ich plötzlich Jonathans Stimme, die mich rief: „Liebes, du hast es fast geschafft und wir werden uns jetzt für ein paar Monate nicht sehen oder hören können. Du wirst dich nun langsam vom kleinen Stern in einen Menschen entwickeln. Hab keine Angst vor der Dunkelheit, die dich in nächster Zeit umgeben wird. Du bist sicher an dem Ort, an dem du die jetzt folgenden Monate verbringen wirst. Deine Mama wird schon bald merken, dass du angekommen bist. Du darfst auch keine Angst haben, wenn sie sich anfangs nicht besonders freut über dein Dasein.“ Was meinte Jonathan nur damit. Ich dachte, sie haben sich immer ein Mädchen gewünscht! Manchmal sprach er einfach in Rätseln und mich für mich nicht verständlich. Aber das war mir in diesem Augenblick egal. Ich wollte endlich ankommen. Und dann war er da, der Tag, an dem meine lange Reise vorerst zu Ende war. Ich fand mich plötzlich in einem dunklen Raum wieder und schwamm in klarem Wasser. Es fühlte sich so wunderschön warm und geborgen an. Das meinte Jonathan also mit der Dunkelheit. Ein paar Wochen vergingen und ich spürte plötzlich ein seltsames Gefühl. Es war fast so, als würde eine Sternschnuppe um mich herum fliegen. Alles um mich herum fing an, sich wie wild zu bewegen. Was passiert hier gerade um mich herum, dachte ich. Ich hörte Stimmen. Es war aber nicht Jonathan. Diese Stimmen waren mir fremd. Ich hatte sie bisher noch nie gehört. Woher kamen sie nur? Es musste von draußen kommen. Waren das etwa meine neuen Brüder oder meine Eltern? Die Stimmen wurden auf einmal lauter und aufgeregter. Es war eine dunkle und eine eher helle Stimme, die ich in meiner kleinen Höhle hören konnte. Mir kam der Gedanke, dass dies meine Eltern sein müssten. Und tatsächlich. Ich war endlich bei ihnen angekommen und konnte sie das erste Mal richtig wahrnehmen. Mich überkam ein Gefühl von Wärme und Freude. Es war das gleiche Gefühl, das ich spürte, als mir der goldene Engel sagte, ich würde endlich zu einer Familie kommen. „Schatz, ich bin schwanger“, konnte ich von draußen hören. Meine Mama sagte das zu meinem Papa. Ich konnte auch hören, dass sie zu ihm sagte, wie das passieren konnte und sie doch gerade erst wieder angefangen hatte zu arbeiten. Papa war auch etwas verunsichert. Er wusste in diesem Moment auch nicht, ob es richtig wäre, noch ein Kind zu bekommen. Doch ich spürte, dass Mama eher größere Probleme damit hatte. Sie dachte oft und viel darüber nach, ob sie mich wirklich wollte. Zu viele Gedanken kreisten immer wieder in ihrem Kopf. Sie hatte Angst vor einer weiteren Schwangerschaft. Ich konnte das einfach nicht fassen. Jetzt war ich endlich am Ende meiner langen Reise angekommen und hatte meinen Platz gefunden, um zu einem kleinen Menschen heranzuwachsen und nun wollte mich meine Mutter gar nicht haben? Was habe ich nur schon wieder falsch gemacht? Wusste sie etwa, dass ich eine Besonderheit in mir trage und lehnte mich deshalb ab? Jetzt hätte ich Jonathan wirklich gebraucht, um ihm diese Fragen zu stellen. Er hätte sicher eine Antwort darauf gehabt. Doch das ging ja leider nicht. Da erinnerte ich mich wieder an seine Worte, als er mir sagte, dass ich keine Angst haben sollte, auch wenn meine Mama sich anfangs nicht über mich freut. Ich spürte, dass Papa sich mehr und mehr damit anfreundete. Ja, er schien fast glücklich zu sein, dass ich in Mama heranwuchs und das gab mir Hoffnung, dass doch noch alles gut werden würde. Es dauerte einige Wochen, bis Mama sich mit dem Gedanken, ein Baby zu bekommen, auseinander gesetzt hatte. Sie brauchte viel Zeit. Für mich waren diese Wochen einfach unerträglich. Mama und Papa sprachen sehr oft darüber, ob es richtig sei und auch zur richtigen Zeit. Sie waren sich unsicher, ob sie diese Aufgabe mit noch einem Kind schaffen würden. Schließlich merkte ich, wie sich Mama um mich herum veränderte. Diese Enge, die ich in den letzten Wochen spürte, wenn Mama angespannt war und über mich nachdachte, war weg. Ich hatte wieder mehr Platz um mich herum und spürte eine wohltuende Gelassenheit. Jetzt war ich offenbar wirklich am Ziel. Was sollte jetzt noch passieren. Ein Mann, dessen Stimme ich noch nicht kannte, sagte eines Tages meiner Mama, dass sie in der sechsten Woche sei. Ich konnte gar nicht glauben, dass ich schon so lange hier drin war.

Es war alles unglaublich aufregend für mich. Ich merkte, wie ich langsam zu wachsen begann. Vor ein paar Wochen war ich noch als kleiner leuchtender Stern auf meiner Reise zu meiner Familie und nun wachse ich jeden Tag ein kleines Stück mehr. Ich spürte wie sich außerdem an mir Einiges veränderte. Es begannen Dinge an mir zu wachsen, die ich bisher nur an anderen Menschen gesehen hatte, die ich immer vom Himmel aus beobachtet hatte. Mein Kopf, meine Arme und meine Beine bildeten sich, doch ich konnte sie noch nicht bewegen. In meinem kleinen Körper wuchsen Organe heran, die mir später ermöglichen sollten, zu leben. Es war wundervoll die alles zu spüren und auch, wie Mama mich immer mehr lieb hatte und sich nun ganz sicher war, mich in ein paar Monaten das Licht der Welt erblicken zu lassen. Papa war leider nicht sehr oft Zuhause. Jeden Abend, wenn er mit der Arbeit fertig war und meine Brüder schliefen, legte er sich zu meiner Mama und streichelte mich durch ihren Bauch hindurch. Das war wunderschön. Ich konnte seine Hände auf mir spüren. Er sprach auch mit mir und erzählte mir, wie sehr er sich auf mich freute. Aber Mama ging es von Tag zu Tag schlechter. Ihr war immer furchtbar übel und sie konnte kaum etwas essen. Gerade in dieser Zeit hätte sie Papa sehr gebraucht. Aber er hat das leider nicht gesehen und weiter sehr viel gearbeitet. Manchmal Tag und Nacht. Ich konnte es einfach nicht verstehen, wieso man nur so viel arbeiten musste. An einem Tag war es besonders schlimm. Es wusste bisher noch kaum jemand, dass ich in Mamas Bauch war. Die ersten Wochen konnte immer mal etwas passieren. Das habe ich einmal gehört, als Mama mit jemandem darüber gesprochen hat. Manchmal dachte ich schon, sie wollten es niemandem erzählen, weil sie Angst vor der Reaktion der Menschen hatten, wenn sie nun noch ein Kind bekommen würden. Es lag aber vielmehr daran, dass sie vorsichtig sein wollten, falls mich unser lieber Gott doch wieder zu sich rufen würde, noch bevor ich mich wirklich in meiner kleinen Höhle eingelebt hatte. An dem schlimmen Tag waren Mama und Papa von Papas Firma zu einer Veranstaltung eingeladen. Weil es Mama aber wirklich nicht gut ging, war schnell klar, dass sie nicht hingehen würde. Papa wollte daraufhin eigentlich auch nicht mehr gehen. Das sagte er zumindest, als er morgens aus der Haustür ging und sich von Mama verabschiedete. Was dann jedoch passierte, konnte ich nicht verstehen. Papa ist doch tatsächlich auf diese Veranstaltung gegangen! Er hat weder Mama etwas davon gesagt, noch war er eine ganze Zeit lang erreichbar. War ihm seine Arbeit wirklich wichtiger als seine Familie? Mama war richtig fertig und es ging ihr immer schlechter. Meine drei Brüder merkten wohl auch, dass es ihr nicht gut ging. Auch für mich war es ein sehr beängstigender Moment. Alles was mich sonst so sicher umgab, wurde auf einmal ganz fest und wirkte sehr bedrohlich. Das wunderschöne Gefühl der Geborgenheit war in einem einzigen Moment vollständig weg. Ich spürte, dass es Mama nicht gut ging und rief nach Jonathan. Er musste mich doch hören und mir helfen. Ich hätte ihn jetzt so gerne an meiner Seite gehabt. Sicher hätte er mir die Angst nehmen und Mama beruhigen können. Doch Jonathan hörte mich nicht. Er konnte mir also nicht helfen und musste miterleben, wie dieses Ereignis ein großes Loch in Mama´s Herz riss. Papa hatte sie unglaublich enttäuscht und im Stich gelassen. Ich hörte, dass Mama mit jemandem sprach. War Papa endlich nach Hause gekommen? Ich konnte seine Stimme aber gar nicht hören. Sie telefonierte offensichtlich mit ihm. Das konnte mich etwas beruhigen. Aber was war nun schon wieder passiert? Meine kleine Höhle begann sich zu drehen. Erst langsam und dann wurde es immer schneller. Ich hörte einen dumpfen Knall und das Drehen stoppte so abrupt, dass ich gegen die Wand meiner Höhle knallte. Es war schrecklich, was um mich herum passierte. Sollte das etwa das schöne Leben auf der Erde sein? Nein, das konnte ich mir einfach nicht vorstellen. Mama hatte sich so sehr aufgeregt, dass ihr Kreislauf durcheinander kam und sie hingefallen war. Zum Glück tat sie sich nicht ernsthaft weh und mir ging es ja soweit, bis auf den Schreck, auch gut. Mein Bruder Julian kam dann zu Mama und half ihr langsam wieder auf. Jetzt drehte sich plötzlich alles in die andere Richtung. Aber danach war es wieder in Ordnung. So kannte ich es ja. Mama war aber noch immer unruhig und wütend auf Papa, was ich auch zu diesem Zeitpunkt schon verstehen konnte. Es dauerte noch eine ganze Weile, bis Papa endlich nach Hause kam. Ich hörte seine Stimme, als er zu Mama und mir kam. Sie sagte viele Sachen zu ihm, die ich nicht wirklich verstehen konnte. Ich war traurig darüber, dass es Mama so schlecht ging. Nach einiger Zeit wurde es etwas ruhiger und Mama schien sich ein wenig zu entspannen. Ich konnte es ganz deutlich spüren. Doch warum hat Papa das gemacht? Er wusste doch, dass es Mama nicht gut ging, als er auf die Arbeit gegangen ist. War ihm die Arbeit wirklich so viel wichtiger als unsere Familie? Ich nahm mir vor, dass ich ihn irgendwann einmal danach fragen würde. Mama fühlte sich in der ganzen Schwangerschaft von Papa sehr im Stich gelassen. Sie weinte viel und fragte sich, ob es richtig war, noch ein Kind zu bekommen. Die Zweifel an dieser Entscheidung fraßen sie unglaublich auf. Sie ging sogar zu einer Psychologin, weil es neben mir noch viele andere Dinge gab, die sie sehr beschäftigten und belasteten. Es muss für sie alles sehr schlimm gewesen sein. Ich wollte doch nicht, dass Mama unglücklich ist. Aber ich konnte ihr einfach nicht helfen. Zu vieles kam in der Schwangerschaft mit mir bei Mama wieder ins Gedächtnis, das sie noch nicht verarbeitet hatte. Papa nahm sie auch einfach nicht ernst. Egal wie schlecht es ihr manchmal ging, hörte ich immer wieder von ihm, dass er ja arbeiten gehen müsste und versuchen würde, früher nach Hause zu kommen. Doch Mama und ich waren dann erstmal für viele Stunden alleine. Sie hatte ja auch noch meine Brüder zu versorgen, die im Kindergarten waren. Manchmal wusste sie nicht einmal, wie sie sie abholen sollte. Papa hat sie morgens ja wenigstens noch hingebracht, so dass Mama nur für den Mittag etwas organisieren musste. Zu schlecht ging es ihr, um dorthin zu laufen. Es war wirklich keine schöne Zeit. Mama wollte doch endlich einmal eine glückliche Schwangerschaft, in der sie sich keine Sorgen machen musste und sich auf ihr Baby freuen konnte. Eine Schwangerschaft, in der es ihr wirklich immer gut geht und sie jeden Tag genießen konnte. Doch leider wurde auch dieses Mal nichts daraus. Sie machte sich ohnehin wahnsinnig große Sorgen um mich und hatte unheimliche Angst, dass mit mir etwas nicht in Ordnung sein könnte. Vor allem in den ersten Monaten ging sie oft zum Frauenarzt, um sich untersuchen zu lassen. Sie wollte jedes Mal wissen, ob es mir noch gut ging. Erst, wenn sie im Ultraschall gesehen hatte, wie mein kleines Herzchen schlug, war sie wieder beruhigter.

Die ganze Aufregung hatte Mama aber überhaupt nicht gut getan. Ich schlief gerade sehr entspannt in meiner kleinen Höhle und trieb im warmen klaren Wasser, da wurde ich unsanft durch ein Drücken an meinem ganzen Körper geweckt. Nicht schon wieder, dachte ich mir. Was ist nun wieder los? Das Drücken kam und ging. Es war diesmal ganz anders als vorher, wenn Mama sich aufgeregt hatte. Mama war schon wieder richtig schlimm angespannt und ließ sich von Papa sicherheitshalber ins Krankenhaus fahren. Nach einer Untersuchung, bei der Mama mich auf einem kleinen Fernseher sehen konnte, wusste sie, was da um mich passierte. Sie hatte Wehen. Natürlich war das viel zu früh und das bedeutete, dass wir erst einmal im Krankenhaus bleiben mussten. Sie bekam jetzt eine Medizin, die die Wehen unterdrücken sollte und musste vor allem viel liegen. Endlich kam auch ich dadurch wieder etwas zur Ruhe. Es war schon sehr anstrengend, was ich bisher alles durchgemacht hatte.

Zwei Tage blieben wir dort, bevor wir wieder nach Hause durften. Papa tat es natürlich sehr leid, was er gemacht hatte und er entschuldigte sich immer wieder bei Mama. Auch bei mir entschuldigte er sich mehrmals, indem er durch den Bauch mit mir sprach. Ich genoss es jedes Mal, wenn er so zärtlich und liebevoll Mamas Bauch streichelte. Ich konnte das richtig spüren. Einen Tag später hörte ich auf einmal so komische Geräusche. Eigentlich war es ein sehr bekanntes Geräusch, das ich schon seit einigen Monaten immer hörte. Es musste Mama´s Herz sein. Es schlug bisher immer sehr ruhig und gleichmäßig. Doch an diesem Abend war es nicht so. Es war schnell und wurde immer schneller. Dann machte es lange Pausen. Länger als die Pausen, die es sonst machte zwischen den Schlägen. Diesmal bekam Mama große Angst und Papa musste einen Arzt rufen. Er versuchte Mama zu beruhigen obwohl er selbst Angst zu haben schien. Als die netten Leute vom Rettungsdienst eintrafen, ging es Papa schon etwas besser und er erzählte, was passiert war. Die Entscheidung fiel schnell, dass Mama und ich wieder einmal ins Krankenhaus mussten. Schon wieder, dachte ich in diesem Moment? Warum hat Jonathan mir das alles nicht vorher gesagt, wie aufregend und anstrengend hier alles ist! Ich hätte mich zwar nicht gegen ein Leben auf der Erde entschieden, aber mit Sicherheit nicht so große Angst gehabt.

Im Krankenhaus stellte sich nach einigen Untersuchungen heraus, dass Mama´s Herz stark aus dem Rhythmus gekommen war. Wodurch das verursacht wurde, konnte auch niemand wirklich erklären. Jedenfalls konnte keine ernsthafte Erkrankung festgestellt werden, was meine Eltern wirklich sehr beruhigte. Auch für mich waren das gute Nachrichten. Ich hatte auch wahnsinnige Angst, dass Mama etwas zustoßen könnte. Nach einer Woche durften wir das Krankenhaus wieder verlassen und zu Papa und meinen Brüdern zurück. Für Mama bedeutete das alles aber, dass sie sich wirklich schonen musste und auch im Haushalt nichts mehr machen durfte. Das war für sie unglaublich schwer. Sie war schon immer ein Mensch, der gerne alles ordentlich und sauber hatte. Jetzt musste sie um sich herum alles in die Hände von Papa geben, was ihr wirklich nicht leicht fiel. Sie gab ihm oft Anweisungen, was er als Nächstes machen sollte und war auch mit Kritik nicht zurückhaltend. Aber so ist meine Mama halt. Ich glaube Papa wusste, dass sie es nicht so meinte und eigentlich froh war, dass er nun endlich erkannt hatte, dass es ihr wirklich schlecht ging und sie unterstützte. Zum Glück bekamen wir auch eine Haushaltshilfe, die diese Aufgaben in der nächsten Zeit erledigte und damit meine Eltern entlastete. Naja, und natürlich auch, um Papa weiter seine Freiräume zu lassen, um wieder so viel arbeiten gehen zu können. Wir brauchten ja schließlich das Geld. Das hatte Papa ja damals schon oft zu Mama gesagt. Ich hoffte nur, dass das alles gut gehen würde. Mein Geburtstermin sollte im September sein. Das war unglaublich, denn Mama und zwei meiner Brüder haben auch schon im September Geburtstag. Irgendwie hat es uns dieser Monat wohl angetan. Ein paar Wochen, nachdem wir aus dem Krankenhaus entlassen wurden, bekam Mama schon wieder diese Wehen, die immer noch viel zu früh waren. Es ließ sich leider nicht vermeiden, dass wir wieder einmal ins Krankenhaus mussten und ein paar Tage dort bleiben verbrachten. Ich stellte mir oft die Frage, was bloß los war. Warum ging es Mama denn nicht gut? Hatte das am Ende etwas mit mir zu tun? Ich gab mir die Schuld daran, dass es Mama so schlecht ging und sie so oft ins Krankenhaus gehen und Medikamente nehmen musste. Gott hatte mich wohl doch nicht in die richtige Familie geschickt. Es tat unglaublich weh mir vorzustellen, dass meine Eltern sauer auf mich waren und sich vielleicht sogar wünschten, ich wäre gar nicht da. Ich verhielt mich ab jetzt sehr still in Mama´s Bauch. Ich glaube sie spürte das auch und machte sie nun noch mehr sorgen um mich. Von jetzt an hieß es aber erst einmal absolute Bettruhe für Mama. Sie durfte kaum noch aufstehen. Dazu hatte sie immer so ein komisches Gefühl, das sie mit sich umher trug. Ich spürte das ganz deutlich. Sie hatte solche Angst, dass ich vielleicht krank sein könnte. Sie machte sich Vorwürfe, durch die vielen Medikamente, die sie täglich nehmen musste, hätte ich vielleicht Schaden genommen. Neben den Herztabletten musste sie sich durch das viele Liegen auch noch ein Medikament gegen Thrombose spritzen. Immer und immer wieder hatte sie solche Angst. Angst davor, mich vielleicht viel zu früh zu verlieren. Der Frauenarzt war zu dieser Zeit fast wöchentlich ihr einziges Ziel. Er hatte aber auch viel Verständnis für ihre Sorgen und beruhigte sie sehr oft, da ich mich weiter prächtig entwickelte und alles normal aussah.

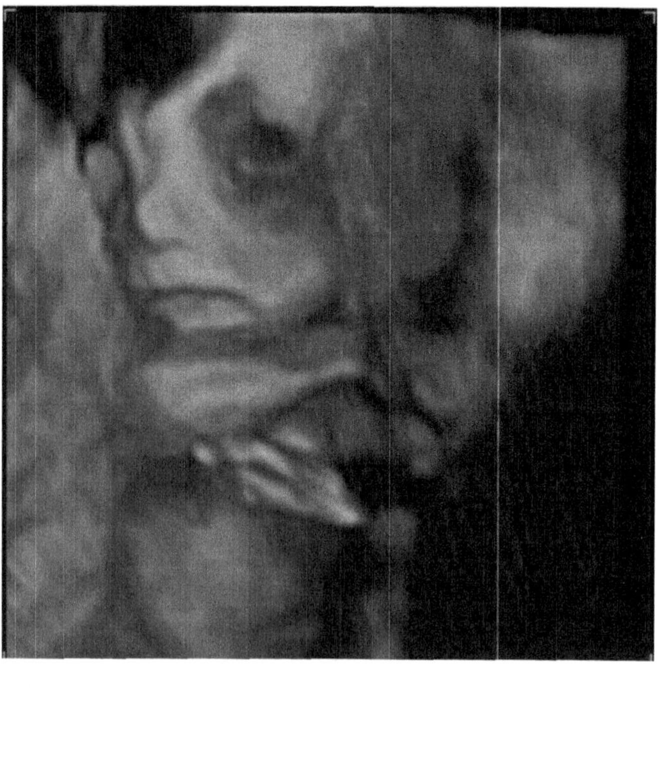

Ich vermisste Jonathan sehr, denn er hätte mich unterhalten können und mir diese schlimmen Schuldgefühle ausreden können. Die Zeit des Wiedersehens war aber noch nicht gekommen. Meine nächste Reise aus der Höhle auf die Erde konnte ich jetzt noch nicht antreten. Erst danach, so hoffte ich, könnte ich Jonathan wieder in meiner Nähe spüren und mit ihm reden. Ich habe mich in den letzten Monaten, trotz aller Probleme und aufregenden neuen Erfahrungen, gut entwickelt. Meine Eltern konnten mich sogar mit einer speziellen Maschine, einem 4D-Ultraschall, sehen. Ich wollte mich aber noch nicht ganz zeigen. Ein bisschen Überraschung musste ja noch da sein, wenn es dann soweit ist. Eines aber wollte Mama natürlich genau wissen. Was würde ich sein, wenn ich zur Welt komme? Ein Mädchen oder vielleicht doch wieder ein Junge? Man konnte es relativ gut erkennen und der Arzt zeigte es auf seinem Monitor: Ich bin ein Mädchen! Als Mama das hörte, begann sie zu weinen. So lange schon hatten sie darauf gehofft und nun sollte es Wirklichkeit werden. Sie blieb jedoch noch skeptisch und wollte es einfach nicht glauben. Bis zuletzt hoffte sie, dass der Arzt Recht hatte. Endgültige Gewissheit sollte es erst bei der Geburt geben. Wenn ich es gekonnt hätte, hätte ich ihr gerne ein Zeichen gegeben, dass der Arzt richtig lag. Alle nachfolgenden Untersuchungen zeigten keine Auffälligkeiten und alle freuten sich riesig auf mich. Weil Mamas Narbe von den letzten Kaiserschnitten schon deutlich beansprucht war, sollte auch ich auf diesem Wege geholt werden. Meine Größe und mein Gewicht sowie meine Entwicklung waren optimal. „Kein Grund zur Sorge“, sagte der Frauenarzt immer wieder. Und es schien, als würde er damit richtig liegen. Mama und Papa entschieden sich für den 26.08. als Tag meiner Geburt. Das war nicht mehr lange hin. Ich konnte es gar nicht mehr aushalten. Meine kleine Höhle wurde immer enger und ich hatte kaum noch Platz darin. Meine Arme und Beine waren nah an mich heran gezogen. So hatte ich wenigstens noch einigermaßen Platz. Ich machte mich jetzt wieder gerne und oft bemerkbar und strampelte ausgelassen. Manchmal hat es Mama ein bisschen weh getan, glaube ich, wenn ich ihr an den Bauch getreten habe. Ich kam inzwischen nur selten zur Ruhe und habe wenig geschlafen. Ausgeruht habe ich ganz oft aber Schlafen war nicht so meine Lieblingsbeschäftigung. Während ich immer größer wurde, begann Mama die wichtigsten Dinge für mich zu besorgen. Ich brauchte ja auch was zum Anziehen, ein Bettchen, eine Wickelkommode, einen Kinderwagen, eine Babytrage fürs Auto und Sachen zum Spielen. Alles natürlich in pink, rosa oder lila. Typische Mädchenfarben mussten es schon sein. Darauf hatte Mama ja so lange gewartet und nun konnte sie sich richtig austoben beim einkaufen. Manchmal erwischte sie sich selbst dabei, wie sie hoffte, dass der Arzt Recht behielt und ich auch wirklich ein Mädchen war. Das hätte gerade noch gefehlt, wenn ich mich am Ende als Junge entpuppt hätte und dann alles in Mädchenfarben eingerichtet gewesen wäre. Einen Namen hatten meine Eltern auch schon für mich. Ganz nach der Tradition in unserer Familie bekomme ich auch drei Vornamen. Sie entschieden sich für Katharina Aurelia Penelope. Das klingt doch einfach nur wunderbar! Lange hatten sie hin und her überlegt. Mehrfach immer wieder andere Namen zusammengestellt. Aber keiner hörte sich so schön an. Ich finde, der Name passt auch wirklich zu mir!

Da war er dann endlich. Nach so langer Zeit, die ich darauf warten musste. Der Tag der Tage in meinem bisherigen Dasein. In ein paar Stunden würde ich es wirklich sehen können. Ich würde das Licht der Welt erblicken und auch das erste Mal die Menschen sehen, mit denen ich in den letzten Monaten so viel geteilt habe. Freude, Schmerz und Ängste haben wir gemeinsam durchlebt und immer wieder zusammen gebetet. Heute werde ich auch hoffentlich Jonathan nach so langer Zeit endlich wiedersehen können. Papa hatte Mama schon einen Tag vorher ins Krankenhaus gefahren, da sie am Tag meiner Geburt schon früh für den Eingriff vorbereitet werden sollte. Endlich kam auch Papa ins Krankenhaus und wir warteten geduldig im Kreißsaal darauf, dass es endlich losgehen würde. Mama wurde immer nervöser, je später es wurde. Der geplante Termin war bereits vorüber. Nun kam wenigstens eine Hebamme und teilte meinen Eltern mit, dass es noch ein bisschen dauern würde, bis Mama an der Reihe wäre. Ein Notfall wäre dazwischen gekommen und der Operationssaal noch nicht fertig. Die Zeit verging und die Aufregung stieg unaufhörlich. Mama hielt es kaum noch in ihrem Bett aus. Endlich, zwei Stunden später, wurde sie abgeholt und in den Operationssaal gebracht. Papa war natürlich die ganze Zeit an ihrer Seite. Diesmal wollte er auf jeden Fall bei der Geburt dabei sein. Bei Manuel und Alexander konnte er es nicht. Als Manuel geboren wurde, war eigentlich eine normale Geburt geplant. Erst verlief auch alles gut, bis eine Blutung einsetzte und sich heraus stellte, dass sich die Plazenta ablöste. Leider wurde aus der Normalgeburt nichts und er musste per Kaiserschnitt geholt werden. Scheinbar war das damals für Papa alles etwas zu viel. Er war zwar im Operationssaal zunächst an der Seite von Mama, musste aber nach ein paar Minuten, noch bevor Manuel kam, wieder rausgehen. Er ging freiwillig, weil ihm komisch wurde, erzählte mir Mama vor ein paar Tagen, als sie mit mir sprach. Bei Alexander war dann direkt schon ein Kaiserschnitt geplant und Papa zog es diesmal vor, von Beginn an gar nicht erst mit hinein zu gehen. Es war schön, dass er es bei mir wieder versuchte. Hoffentlich ging das gut und er würde es aushalten. Es wäre für Mama wohl sehr enttäuschend geworden, wenn er wieder hinausgegangen wäre. Nachdem nun alles für meine Geburt vorbereitet war, kam Papa wieder vom Umziehen zu uns. Ich hörte draußen viele unterschiedliche Stimmen. Es waren fremde Stimmen. Ein bisschen machte es mir schon Angst, was mich gleich erwarten würde. Ich war zugleich aber auch sehr gespannt, wie die Welt außerhalb von Mama´s Bauch aussehen würde. Doch nun gab es kein Zurück mehr. Der Arzt fing behutsam an und ich spürte seine Hand auf Mama´s Bauch. Nur ein paar Minuten dauerte es, bis es um mich herum hell wurde. Die Dunkelheit wich einem sehr hellen Licht. Es war so hell, dass ich meine Augen nicht öffnen konnte. Aber das machte mir zum Glück überhaupt nichts aus. In den letzten Monaten hatte ich meine Augen ja auch die meiste Zeit geschlossen. Viel wichtiger war es, dass ich jetzt fast am Ziel angekommen war. Es fehlten nur noch einige Zentimeter. Mit einem kleinen Ruck war es dann geschafft. Ich war geboren. Es war der 26. August 2011 um 10:10 Uhr, als ich das erste Mal das Licht der Welt erblickte. Meine Eltern waren überglücklich darüber. Sogar Papa hatte es diesmal ausgehalten und durfte ganz stolz die Nabelschnur durchschneiden, die mich so lange mit Mama verbunden hatte. Es war ein unbeschreiblich schönes Gefühl, wenn es auch zunächst ziemlich kalt um mich herum war. Ich fror etwas, was aber auch kein Wunder war, nachdem ich so viele Monate bei Mama im Bauch in meinem warmen Wasser zuhause war. Einer fehlte mir in diesem Moment – Jonathan. Wieso hatte er mich nicht begrüßt auf der Erde? Ich dachte doch, wir wären Freunde und würden Glück, Freude und andere

Gefühle miteinander teilen. Er hatte mich offensichtlich im Stich gelassen oder mich vielleicht sogar schon vergessen, dachte ich mir. Papa hielt mich in seinen Armen und lief mit mir zu Mama, die noch auf dem Operationstisch lag. Sie gab mir einen dicken Kuss auf die Wange. Ich war unendlich dankbar, dass sie mich so herzlich empfangen hatten. Meine Ängste wichen dem unbeschreiblichen Gefühl der Dankbarkeit. Ich kam an diesem Tag drei Wochen vor dem errechneten Termin zur Welt, was man mir auch etwas ansehen konnte. Eine Hebamme meinte zu Mama, dass ich noch sehr viel Käseschmiere an mir hatte. Doch dies war überhaupt nicht schlimm und auch das Ergebnis der ersten Untersuchung war super. Keine Auffälligkeiten und alles dran. Die Ärzte waren mit der Geburt und meiner Gesundheit sehr zufrieden. Da Mama noch sterilisiert wurde, brauchte sie noch etwas länger im Operationssaal. Es war einfach für sie zu gefährlich, noch einmal schwanger zu werden. Die Erfahrungen aus der Schwangerschaft mit mir und die Operationsnarbe ließen das auf gar keinen Fall zu. Natürlich ist es Mama und Papa nicht leicht gefallen, diese Entscheidung zu treffen. Vor allem Mama haderte viel mit sich, bis sie sich schließlich doch dazu entschließen konnte. Die Hebamme brachte Papa und mich schon auf die Entbindungsstation in einen Kreissaal, in dem wir auf Mama warten konnten. Papa umarmte mich ganz liebevoll und die Aufregungen der letzten Monate mit all den schlechten Erfahrungen waren bereits vergessen. Ich kuschelte mich eng an Papa und sah auf einmal ein sehr bekanntes Gesicht vor mir. Es war Jonathan. Endlich war er da und besuchte mich an meinem ersten Tag hier auf der Erde. „Wie geht es dir kleiner Stern“, wollte er wissen und lächelte mich dabei an. Ich antwortete ihm: „Gut geht es mir. Jetzt zumindest, denn die letzten Monate waren sehr aufreibend und anstrengend für mich.“ Ich erklärte ihm, was alles vorgefallen war und dass ich viel Kraft für die Entwicklung meines Körpers und meines Gehirns gebraucht habe. Ich hatte so viele Dinge, die ich Jonathan die ganze Zeit über fragen wollte. Aber wo waren sie jetzt, meine Fragen? Ich hatte alle vergessen, bis auf eine. „Jonathan“, bat ich ihn „sag mir doch bitte, wieso ich besonders bin und anders als die anderen?“ Jonathan schaute mich an und antwortete mir: „Kleiner Stern, der du jetzt ein kleines Mädchen bist, das ist für dich und deine Eltern noch viel zu früh, um darüber zu sprechen. Genieße bitte jeden Augenblick, den du mit deiner Familie gemeinsam verbringen kannst.“ ergänzte er. Ich verstand nicht, warum er mir nicht sagen wollte, was das zu bedeuten hatte. Dachte er vielleicht ich hätte Angst davor, was er mir sagen würde? Ich gab es an diesem Tag auf danach zu fragen. Endlich kam auch Mama aus dem Operationssaal nach oben zu uns. Ich lag noch immer auf Papa´s Arm. Ganz vorsichtig legte er mich zu Mama auf ihre Brust. Diese Nähe zu Mama war wundervoll und ich kostete diesen Moment richtig aus. Sie küsste mich und umarmte mich ganz liebevoll. Jetzt war es aber wirklich mal an der Zeit, dass ich gewogen, gemessen und angezogen werde. Ich war ja noch immer in dem Handtuch eingewickelt. Bei Mama und Papa war mir zum Glück gar nicht kalt. Die Hebamme nahm mich behutsam zu sich und legte mich auf einen Wickeltisch. Dort lagen schon Anziehsachen, ein Armband mit meinem Namen darauf und ein gelbes Maßband. Mama war schon total gespannt, wie groß und wie schwer ich sein würde. Ich war 48 Zentimeter groß und wog 2.660 Gramm. Mein Köpfchen hatte einen Umfang von 33 Zentimeter. Alles war soweit in Ordnung. Zum Glück hatte sich die Hebamme damit beeilt, denn mir wurde jetzt wirklich kalt. Wie froh war ich, als ich endlich wieder zu Mama ins Bett durfte. Natürlich durfte ich nicht die ganze Zeit bei Mama im Bett sein und bekam deshalb ein eigenes kleines Bettchen zum Schlafen. Als ich so bei Mama im Arm lag, fing sie plötzlich an zu weinen. Ich verstand überhaupt nicht, warum sie das tat. Sie sollte doch wirklich glücklich sein über mich. Mit Tränen in den Augen fing sie an, mit mir zu sprechen: „Mein Mäuschen, es ist so schön, dich endlich in meine Arme schließen zu können. Ich habe so lange auf diesen Moment gewartet. Es war so eine schreckliche Schwangerschaft, doch nun ist es ja vorbei. Es tut mir so leid, was du alles miterleben musstest. Hätte ich doch diese ganzen Medikamente nicht nehmen müssen. Das muss alles furchtbar schlimm für dich gewesen sein. Bitte verzeih mir mein kleiner Schatz“. Ich war sehr traurig, dass sie so etwas sagte. Sie konnte doch nun wirklich überhaupt nichts dafür. Papa hatte sich auch schon bei mir entschuldigt, als wir vorhin alleine im Kreißsaal waren. Ich war ihnen wirklich nicht böse. Sie hatten so viele Sachen um die Ohren und oft war auch alles nicht einfach. Irgendwann würde ich ihnen sagen, dass ich ihnen verziehen habe. Jetzt wollte ich aber erst einmal richtig ausschlafen und mich von der Geburt erholen. Mama brauchte ja auch noch Ruhe und Schlaf. Am Nachmittag lernte ich dann endlich meine Brüder alle zusammen kennen. Papa fuhr nach Hause und holte sie ab. Erstmal waren sie schon ziemlich schüchtern und zurückhaltend. Aber sie freuten sich, das konnte ich spüren. Auch meine Tanten besuchten mich noch an diesem Nachmittag. Natürlich waren auch die Omas da und begrüßten mich auf dieser Welt. Trotz aller Freude brauchten Mama und ich aber doch noch etwas Ruhe, um wieder zu Kräften zu kommen. Der Besuch blieb deshalb an diesem Tag nicht lange bei uns. Nur Papa kam abends noch einmal und kuschelte ein bisschen mit uns. Im Krankenhaus gab es ein Angebot, eine spezielle Herzuntersuchung bei Neugeborenen durchführen zu lassen, um Herzfehler früh entdecken zu können. Das Ergebnis beruhigte meine Eltern, da bei der Untersuchung nichts gefunden wurde. Mama war noch sehr schwach von der Operation und ich musste die ersten zwei Tage an der Sauerstoffüberwachung kontrolliert werden. Die Schwestern sagten, dies sei nur zur Sicherheit, weil ich wohl beim ersten Mal Werte hatte, die etwas unter der Norm lagen. Danach war aber alles in Ordnung. Alle, die mich besuchen kamen sagten, ich sei ein sehr hübsches Mädchen. Na ja, ich konnte das ja schlecht selbst beurteilen, aber wenn sie das sagten, würde es schon stimmen. Im Krankenhaus war immer recht viel los in unserem Zimmer, das wir uns mit einer anderen Frau und ihrem Baby teilten. Nach gut einer Woche holte Papa uns beide dann endlich ab und ich konnte in mein neues Zuhause einziehen. Alles war total neu für mich. Diese Geräusche, die ich hörte. Diese vielen Dinge, dich ich nur in Umrissen wahrnehmen konnte und die ganze neue Umgebung verunsicherten mich doch etwas. Es war hier soviel anders als dort oben, wo ich so lange als Stern ausharren musste. Nach einiger Zeit Daheim schlief ich wieder seelenruhig ein. Ich brauchte noch sehr viel Schlaf, um das alles zu verarbeiten. Als ich ganz tief schlief, erschien Jonathan vor mir. Er lächelte und streichelte sanft meinen Kopf. „Wie geht es dir, mein Schatz?", hörte ich ihn fragen. Ich konnte ihm kaum beschreiben, wie glücklich ich in diesem Moment war. Meine Familie liebte mich sehr. Das war mir schon in den ersten Tagen im Krankenhaus bewusst geworden. Alle, meine Eltern und meine Brüder, gaben mir so viel Zuneigung. Ich genoss jeden Augenblick, den ich erleben durfte. Jonathan konnte das gut verstehen, obwohl ich ihm überhaupt nichts davon erzählte. Er konnte es mir ansehen. „Es ist schön, dass du mich besuchen kommst.“, sagte ich zu Jonathan. „Ich habe dich oft gerufen und gehofft, du würdest mich hören und zu mir kommen“. Jonathan wusste sofort, was ich meinte und erzählte mir, dass er mein Rufen wohl gehört hatte. „Weißt du“, sagte er „ich musste dich in dieser Zeit alleine lassen. Alles, was du erlebt hast war wichtig für dich. Du hast in den letzten Monaten erlebt, wie Menschen fühlen und was einzelne Momente bei den Menschen auslösen können. Dies ist eine Erfahrung, die du erlebt hast und aus der du gelernt hast und in Zukunft noch viel lernen wirst. Wäre ich bei dir gewesen, hättest du dich an meiner Seite beschützt gefühlt und diese Erfahrungen nicht in einer solchen Form wahrgenommen. Nichts auf der Welt passiert einfach so. Alles hat einen tiefen Sinn für das Leben jedes einzelnen Menschen. Nur indem die Menschen fühlen und Dinge erleben, werden sie daraus vieles für ihr Leben lernen. Du, mein kleiner Sonnenschein, wirst in den kommenden Wochen und Monaten noch sehr viel Neues erfahren. Lass dich niemals entmutigen und dich immer von den Menschen um dich herum leiten, die dich lieben.“ Diese Worte von Jonathan berührten mich unheimlich. Ich verstand nun, warum ich diesen Weg bisher alleine gehen musste. Böse war ich ihm überhaupt nicht. „Kleines, du weißt, dass du etwas ganz Besonderes bist. Deine Familie weiß jedoch noch nichts davon. Hab keine Angst vor dem Moment, wenn Sie es erfahren. Diese tiefe Liebe zu dir wird ihnen viel Kraft geben, dich so anzunehmen wie du bist und sie werden immer für dich da sein. Vertrau mir! Es ist nun an der Zeit für mich zu gehen. Ich gehe aber nicht ganz oder für immer. Wenn du mich sehen willst, schaue einfach aus dem Fenster hinaus oder in ein Licht und du wirst mich erkennen. Wenn du mit mir reden möchtest, höre auf das Rauschen des Windes, der dir sagt, dass ich da bin". Jonathan sagte diese Worte, winkte mir zum Abschied und verschwand in einem wunderschönen blauen Himmel mit vielen weißen Wolken. Diesmal hatte ich jedoch keine Zeit über seine Worte nachzudenken. Ich wachte wieder auf und hatte großen Hunger, was meine Mama auch gleich bemerkte. Gestillt wurde ich nicht und so gab mir Mama mein Fläschchen, das ich komplett ausgetrunken habe. Ich gewöhnte mich langsam an die neue Umgebung. Auch die vielen unterschiedlichen Stimmen wurden mir immer deutlicher obwohl ich sie noch nicht im Einzelnen unterscheiden konnte. Jeden Tag genoss ich es mehr bei meiner Familie zu sein. Wir sollten Gott immer dafür danken, dass wir ein Teil dieser Erde sein dürfen, die er uns geschenkt hat. Mit der Gabe zu fühlen und zu lieben hat er uns das wichtigste Geschenk mit in unser Leben gegeben. Tag für Tag und Nacht für Nacht war der Ablauf meist gleich in den folgenden Wochen. Ich schlief und aß, schlief und aß. Eben das, was Babys in den ersten Wochen alle tun. Wenn ich mal wach war und nichts gegessen habe, lag ich in meiner Wiege. Ein ruhiges Baby war ich allemal.

Man hörte kaum etwas von mir. Manchmal, wenn ich ein bisschen Bauchweh hatte, streichelte Mama meinen Bauch und nahm mich ganz fest an sich. Das half sofort und es ging mir ganz schnell wieder besser. Ich wurde langsam größer und schlief nicht mehr so viel. So kannten es meine Eltern gar nicht, denn meine Brüder haben eigentlich gerade mittags immer viel geschlafen. Mama hatte mir eine Wippe gekauft, in der ich oft lag und zuhörte, was um mich herum passierte. Sie konnte sogar Musik machen und leicht vibrieren. Mama dachte wohl, ich würde darin besser einschlafen.

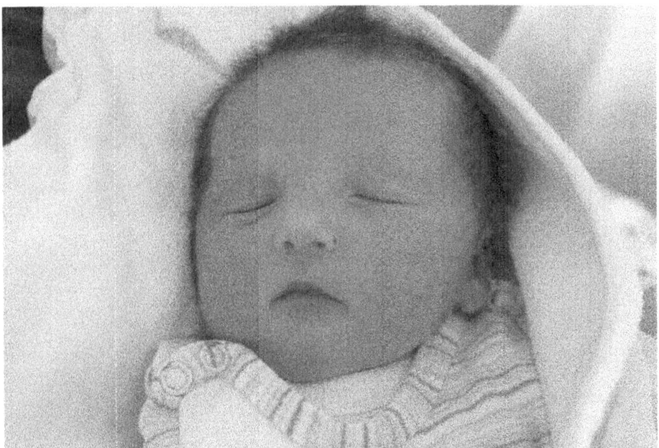

Ich hatte ihr ziemlich schnell klar gemacht, dass es auch nichts gebracht hatte. Auch hier hatte ich immer wieder meine Probleme mit dem Schlafen. Es klappte zwar besser als meiner Wiege oder meinem Bett, aber so richtig ausfüllend war der Schlaf nie.

Meistens lag ich ziemlich teilnahmslos da und schaute ins Leere. Zumindest dachten das alle, dass ich ins Leere schaute. Aber eigentlich war es so, dass ich die Dinge um mich herum in mir aufnahm. Großes Interesse an Spielzeug hatte ich deshalb auch nicht, doch zunächst dachte sich niemand etwas dabei. Mama hatte sich wirklich viel Mühe gegeben, kleine Spielsachen an meine Wippe zu befestigen und auch meine Brüder versuchten oft, mit mir zu spielen. Sie hielten dann immer rasselnde Sachen vor mein Gesicht oder zeigten mir bunte Stofftiere. Ich war aber noch nicht so weit, dass ich mit diesen Sachen spielen wollte.

Kapitel 3

Alles was du fühlst

Als ich ungefähr drei Monate alt war, wunderte sich Mama immer mehr, dass ich mich nicht für Dinge interessierte, die man mir zeigte. Spätestens jetzt hätte ich es tun sollen, wenn man meine Entwicklung mit der meiner Brüder oder gleichaltrigen Kindern verglichen hätte. Ich wollte nach wie vor nichts greifen. Dazu kam der leere Blick, den Mama immer häufiger bei mir beobachtete. Mein Köpfchen wuchs auch kaum seit meiner Geburt und kontrollieren konnte ich ihn ebenfalls kaum. Sehr oft knickte mein Knopf zur Seite, nach hinten oder nach vorne. Mama wurde zusehends unruhiger und schaute mich oft fragend an. Ich verstand das alles nicht. Was meinten sie nur damit, wenn sie darüber sprachen? Es ging mir doch gut und ich konnte diese ganze Aufregung nicht nachvollziehen. Ich wünschte mir in diesem Moment so sehr, dass ich Mama hätte sagen können, dass sie sich keine Sorgen um mich machen sollte. Aber ich konnte natürlich noch nicht sprechen und mich auch sonst nicht äußern. Ich wusste auch nicht, was ich alles hätte können sollen in meinem Alter. Woher sollte ich das auch wissen. Als Stern verbrachte ich die Zeit immer regungslos am Himmel. Niemand hatte mir jemals gesagt, was dazu gehört, wenn man älter wird als Kind. Erst als Mama und Papa anfingen, darüber zu sprechen, überkam mich ein seltsames Gefühl von Kälte. Sie verglichen mich plötzlich mit meinen Brüdern und was die beiden schon mit drei Monaten konnten. Was war nur los? Jonathan sagte mir zwar, dass ich besonders wäre, aber ich konnte bisher dazu nicht verstehen, wie er es meinte. Ich beschloss, mir erstmal darüber keine weiteren Gedanken zu machen. Was hätte ich auch anderes tun sollen in diesem Moment. Ich fand es sehr schade, meine Mama so nachdenklich und traurig zu sehen. Offenbar machte sie sich große Sorgen um mich. Papa war da schon anders. Er versuchte Mama immer wieder zu beruhigen und ihr zu erklären, dass es Kinder gibt, die einfach für bestimmte Dinge nur etwas länger benötigen, bis sie es könnten. Anfangs gelang es ihm, dass Mama ihre schlimmen Gedanken für eine gewisse Zeit vergessen konnte. Doch immer und immer wieder musste sie darüber nachdenken, was mit mir los sein würde. Niemand wollte ihr glauben. Weder Papa noch unsere Familien. Mama blieb aber bei der Meinung, dass sie Recht behalten würde. Sie sprach immer von einem Mutterinstinkt. Vielleicht hatte sie wirklich schon entdeckt, dass ich eine Besonderheit in mir trug. Ich war mir überhaupt nicht sicher. Nachdem die bisherigen Vorsorgeuntersuchungen alle ohne Auffälligkeiten waren, stand nun die nächste Untersuchung an. Mama und Papa gingen mit mir zum Kinderarzt. Er stellte meinen Eltern ein paar Fragen zu meiner Entwicklung und ich wurde gemessen und gewogen. Größe und

Gewicht waren normal. Doch beim Umfang meines Kopfes machte er eine kurze Pause und man merkte, dass er grübelte. Mama fiel das natürlich auch sofort auf. Es wunderte ihn, dass mein Köpfchen seit meiner Geburt kaum gewachsen war, was wirklich ungewöhnlich sei, wie er sagte. In mein Vorsorgeheft schrieb er Microzephalie, also einen zu kleinen Kopf. Na gut, dachte ich mir. Das ist zwar ungewöhnlich, jedoch bin ich deshalb doch noch nicht besonders. Ständig musste ich mich an Jonathans Worte erinnern, die er mir bei seinem letzten Besuch gesagt hatte. Einen Zusammenhang ergaben sie noch nicht für mich. Ich spürte zunehmend, wie unruhig Mama in den nachfolgenden Tagen nach der Untersuchung war. Bei Papa wusste ich es nicht, was er dazu dachte, da er die meiste Zeit auf der Arbeit war. Wenn Mama und Papa sich über mich unterhielten, habe ich wohl jedes Mal geschlafen. Ich kann mich nicht daran erinnern, was die beiden miteinander darüber gesprochen hatten.

Wenn ich so in meiner Wippe lag, konnte ich die Welt um mich herum vergessen. Ich versank dann oftmals in einen wunderschönen Ozean mit tausenden von Fischen, die in den wundervollsten Farben schimmerten. An der Wasseroberfläche konnte ich den Wind hören und wusste, dass Jonathan bei mir ist. Das Rauschen des Windes schenkte mir Ruhe und Geborgenheit. Das Wasser um mich herum gab mir das Gefühl beschützt zu sein. Es erinnerte mich sehr an meinen Stern. Alles war so friedlich. Die Fische schwammen langsam und geordneten im Schwarm durch das Wasser. Kein Geräusch störte diese Ruhe. Ich konnte ganz ich selbst sein. Wieso dachten bloß alle, dass ich bestimmte Dinge können müsste? Ich war doch ich und ich konnte, was ich nun mal konnte. Wie gerne hätte ich das meiner Familie mal gesagt. Sie waren offensichtlich noch nicht so weit, dies auch genauso zu sehen. Wenn ich aufwachte, war Mama oder Papa da, um mich zu füttern oder mich einfach nur so auf den Arm zu nehmen. Ich genoss diese Umarmungen sehr. Sie zeigten mir immer wieder, wie sehr ich geliebt werde. Manchmal kam aber dann doch diese Angst, was wohl passieren würde, wenn sie meine Besonderheit erfahren würden. Ich selbst kannte sie ja auch nicht genau. Ich war glücklich, so wie es war. Für mich war ja alles vollkommen normal. Es hieß weiterhin durchhalten und abwarten, was sich in den nächsten Wochen verändern würde.

Ein großer Moment war für mich meine Taufe. Mama ist sehr gläubig und deshalb wurden auch meine Brüder kurz nach ihrer Geburt getauft. Ich wusste anfangs ja überhaupt nicht, was es heißt, getauft zu werden. Mama und Papa haben oft darüber gesprochen in den letzten Wochen und trotzdem erfuhr ich es erst kurz vor dem großen Tag von Jonathan. Er kam mich besuchen als ich mit Papa im Kinderwagen spazieren ging. Ich hörte den

Wind, wie er am Wagen vorbei huschte und dachte sofort an Jonathan. So hatte er es mir ja auch gesagt. Wenn ich den Wind höre, ist er da. Er flüsterte mir zu „Hallo mein kleiner Stern, ich bin es, Jonathan. Ich habe gehört, dass du übermorgen getauft wirst. Deshalb bin ich hier, um die zu erklären, was die Taufe bedeutet." Wie froh ich war, dass er extra deswegen zu mir gekommen war. „Es ist für dich ein sehr großes Ereignis. Du wirst ein schönes weißes Kleidchen tragen und ihr werdet alle in die Kirche gehen. Das ist Gottes Haus. Gott hat viele Häuser und meist in jeder Stadt mindestens eines. Der Pfarrer, der von Gott bestellt wurde, um ihn auf der Erde zu vertreten, wird auch da sein und dich taufen. Du wirst dabei Gott noch stärker verbunden sein, als du es bisher warst. Mit geweihtem Wasser wird deine Stirn beträufelt. Freue dich auf diesen Tag, denn er ist im Leben eines Menschen etwas Wunderschönes", sagte Jonathan. Ich verstand, was er mir erzählte und war froh darüber, dass er hier bei mir war. „Ich werde nun wieder gehen. Denke daran, dass du mich jederzeit rufen kannst. Ich werde immer in deiner Nähe sein, mein Kind". Jonathan verschwand und Papa schob weiter meinen Kinderwagen. Am Tag der Taufe sind wir alle schon ganz früh aufgestanden. Mama und Papa haben am Tag davor schon ganz viel vorbereitet in unserem Haus. Es sollten viele Gäste kommen. Nur meine Omas und Tanten waren nicht da. Mama meinte damals nur zu mir, dass ich das noch nicht verstehen würde und sie es mir irgendwann später einmal erklären wird. Es gab offensichtlich vor der Taufe einen großen Streit. Ich weiß nicht warum und worüber es dabei ging. Traurig machte es mich schon ein bisschen. Vielleicht würde ich in ein paar Jahren den Grund hierfür selbst herausfinden. Ich dachte wirklich, dass es für meine ganze Familie ein besonderes Ereignis wäre. Scheinbar irrte ich mich. Meine Brüder und meine Eltern hatten sich für die Taufe alle ganz schick angezogen. So kannte ich sie ja noch gar nicht. Mama trug einen eleganten Hosenanzug und Papa einen schwarzen Anzug mit Krawatte. Wie schön sie alle aussahen. Ich bekam, wie Jonathan es gesagt hatte, ein wunderschönes weißes Kleidchen an mit einer kleinen weißen Haube für den Kopf. Es war leider ziemlich groß und ich hätte locker zweimal hinein gepasst. Meine Brüder waren bei ihrer Taufe wohl schon etwas kräftiger, denn sie hatten es ebenfalls getragen. So fuhren wir dann gemeinsam zur Kirche, wo wir unsere Gäste trafen. Die Zeremonie ging eigentlich ziemlich schnell vorbei. Es lief alles genauso ab, wie ich es von Jonathan erzählt bekam. Der Pfarrer machte es sehr schön und sang viele Lieder. Er nannte mich die Königin von Nieder-Ramstadt. Dort haben wir zu der Zeit noch gewohnt. Nur gegen Ende wurde ich recht unruhig, so dass Mama und Papa mich in der Kirche umher tragen mussten. Es war doch alles sehr aufregend für mich. Nach dem Gottesdienst fuhren wir alle zusammen zu uns, wo meine Eltern ein kleines Buffet organisiert hatten. Das ganze Wohnzimmer war eine einzige große Tafel, an der alle Gäste platz hatten. Im Auto schlief ich aber erstmal ein und schlief auch noch, als Papa mich daheim ins Bett legte, während langsam die Gäste eintrafen. Es war schön, dass so viele Leute nur wegen mir gekommen waren. Aber keiner wusste bislang, dass ich meine kleine Besonderheit in mir Trage. Das sollten sie alle erst in einiger Zeit erfahren. Das Essen war offensichtlich sehr lecker. Ich konnte es aber noch nicht probieren. Zum Glück verschlief ich nicht die ganze Feier. Jeder, der bei der Feier war, wollte mich unbedingt noch einmal auf den Schoß nehmen. Es war richtig schön, von so vielen Menschen geherzt zu werden. Am Abend, nachdem alle gegangen waren, musste natürlich noch aufgeräumt werden. Das haben Mama und Papa zusammen gemacht und ich konnte aus meiner Wippe dabei zuschauen. Niemand merkte, dass ich alles genau beobachtete. Ich bekam auch viele Geschenke. Ein besonders schönes Geschenk war eine singende und sprechende HelloKitty. Die war wirklich lustig und fortan lag sie immer bei mir in der Wippe.

In den nächsten Tagen fand Mama einfach keine Ruhe. Sie war ständig beunruhigt und machte sich große Sorgen um mich. Wieder gingen wir ein paar Wochen nach der letzten Vorsorgeuntersuchung zum Kinderarzt. Mama wollte noch einmal mit ihm sprechen wegen der ganzen Dinge, die ich noch nicht machte. Er konnte sie aber auch nicht wirklich beruhigen und so entschied er, dass es doch besser wäre, mich in der Kinderklinik im Sozialpädiatrischen Zentrum einmal von Kopf bis Fuß untersuchen zu lassen. Für Mama war dies wie ein Schlag ins Gesicht. Noch auf dem Weg nach Hause rief sie Papa an, der noch auf der Arbeit war und erzählte ihm von dem Gespräch mit dem Arzt. Ich konnte nicht alles verstehen. Ein Wort jedoch prägte sich ganz tief in meinem Gedächtnis ein. „Behindert", sagte Mama zweimal zu Papa. Was bedeutet dieses Wort? Wieso erklärt mir das denn keiner? Ich war während der ganzen Autofahrt ganz still. Normalerweise machte ich schon meistens im Auto deutlich, dass ich keine Lust zum Autofahren hatte. Aber diese Fahrt war anders. Ich spürte, dass Mama sehr traurig und aufgewühlt war. Ich wollte sie in dieser Situation nicht noch mehr beanspruchen und so blieb ich still. Ich weinte nicht und schloss die Augen als würde ich schlafen. Ich suchte tief in meinem Inneren nach Jonathan und hoffte so sehr, er würde zu mir kommen. Und tatsächlich. Auf einmal konnte ich seine Stimme hören. „Meine liebe Katharina, ich habe mitbekommen, was der Arzt gesagt hat und auch, was deine Mama zu deinem Papa am Telefon sagte. Du brauchst nicht traurig sein. Es ist wichtig, dass sich deine Eltern mit allem um dich herum beschäftigen. Das brauchen Sie, um später stark zu sein. Stark für dich und die Dinge, die noch auf euch alle zukommen werden." Ich schaute in seine Augen, die so tief und warmherzig waren. Ich verstand in diesem Moment so sehr wie nie zuvor, dass ich ihm vertrauen konnte. Jonathan wusste doch so viel von dem Leben hier auf der Erde und wieso sollte er mich anlügen. „Ich will meine Eltern doch nicht enttäuschen", sagte ich zu ihm. „Wie soll ich mich nur ihnen gegenüber verhalten?" Jonathan wusste genau, was er darauf antworten sollte „Du musst gar nichts machen, mein Kind. Sei einfach nur du selbst. Enttäuschen wirst du deine Eltern niemals. Denkst du wir hätten dich zu ihnen geschickt, wenn wir nicht wüssten, dass es für dich das Richtige ist? Vertraue auf die Kraft, die in dir und in deiner Familie steckt. Es wird noch ein steiniger Weg vor euch liegen. Gemeinsam werdet ihr jeden einzelnen Stein beiseite räumen und zusammen diesen wundervollen Weg gehen." Jonathan küsste mir zum Abschied auf die Stirn und verschwand so, wie er gekommen war. Als ich meine Augen wieder aufmachte, waren wir bereits bei unserem Haus angekommen. Mama war immer noch sehr traurig und das änderte sich auch die darauffolgenden Tage nicht. Einen Termin für die Untersuchung bekamen wir auch erst im neuen Jahr. Es war ja kurz vor Weihnachten. Von diesem Fest hatte ich schon einmal gehört. Viele hatten davon erzählt, was es bedeutet und dass sich die Menschen etwas schenken und feiern, weil sie sich lieb haben. Meine Brüder waren seit Tagen schon ganz aufgeregt und freuten sich auf Weihnachten.

Kapitel 4

Weihnachten und noch mehr

Nun war es endlich Weihnachten. Mein erstes Weihnachten. Ich konnte überhaupt nicht alles richtig verstehen, was um mich herum passierte. Mama hatte vor einiger Zeit viele bunte Bilder aufgehängt und seit heute morgen stand im Wohnzimmer ein großer grüner Tannenbaum, an dem Papa mit meinen Brüdern bunte Kugeln und eine Kette aus vielen kleinen Lichtern gehängt hatte. Für meine Familie muss es so ausgesehen haben, als würde ich mich für das alles nicht interessieren. Ich lag gerade wieder einmal in meiner Wippe, als Mama die letzten Vorbereitungen für das Weihnachtsessen traf. Mein Köpfchen lag wieder zur Seite gedreht und ich schaute ins Leere. So sagte es Mama zu Papa, als sie mich ansah. Ich bemerkte jedoch alles um mich herum. Ich sah den Baum, die vielen Lichter und auch die Geschenke, die so hübsch eingepackt unter dem Weihnachtsbaum lagen. Doch wie sollte ich meinen Eltern das zu verstehen geben? Wie sollte ich ihnen sagen, dass ich „da“ bin und nicht in einer anderen Welt, was sie immer dachten. Manchmal, wenn ich mit Jonathan sprach oder nachdachte, stimmte das schon. Ich war dann in meiner kleinen Welt, in der ich mich beschützt und frei fühlte. Doch auch das konnte ich Mama und Papa nicht erzählen. Vielleicht war das auch besser so, dachte ich mir. Ich fragte mich, wie sie wohl reagiert hätten, wenn sie das wüssten.

Am Abend, als es draußen schon dunkel war und wir alle gegessen hatten, fingen meine Brüder an, ihre Geschenke auszupacken. Das war vielleicht ein Trubel. Sie wussten gar nicht, wo sie zuerst anfangen sollten. Mama half ihnen dann dabei, die richtigen Geschenke, die für sie bestimmt waren, zu finden. Sogar für mich war etwas dabei. Mama zeigte mir das bunte Papier, das mit einer Schleife umwickelt war. Es leuchtete so schön im Licht. Ich erinnerte mich an den goldenen Engel, der so glänzte wie die Schleife auf dem Geschenk. Die vielen Lichter um mich herum leuchteten so schön, dass mir die vielen Sterne wieder einfielen, zu denen ich auch mal gehörte. Für einen kurzen Moment war jeder Gedanke an die schlimmen Dinge, über die sich Mama in den letzten Tagen so viele Sorgen machte, vergessen. Mama half mir, mein Geschenk auszupacken und zeigte es mir. Das Spielzeug und die vielen Sachen zum Anziehen führten bei mir zu keinem großen Interesse. Ich schaute wieder einmal daran vorbei ins Leere. Mamas Blick sagte in diesem Moment alles. Sie war enttäuscht, dass ich keinerlei Regung zeigte. Wie sehr hoffte sie immer, dass ich irgendwann doch reagieren würde. Aber die Zeit war noch nicht gekommen. Meine Brüder bekamen davon glücklicherweise noch nichts mit. Sie hatten ein schönes Weihnachtsfest und freuten sich über ihre Geschenke, mit denen sie gleich den ganzen Abend spielten. Ich war müde geworden und schlief in meiner Wippe ein. Mama brachte mich später in mein Bettchen und ich träumte einen wunderschönen Traum von vielen bunten Vögeln, die am Himmel flogen und die wunderbarsten Figuren bildeten. So frei wie ein Vogel wollte ich auch gerne sein. Einfach in die Lüfte schweben und alle Sorgen zurück lassen.

Die nächsten Tage waren meine Brüder auch nicht im Kindergarten. Es waren ja auch schon Ferien und deshalb war ganz schön was los. Meine Brüder wussten ganz genau, wie man das Haus auf den Kopf stellen konnte. Einmal waren sie nicht voneinander zu trennen und ein anderes Mal würden sie sich am liebsten gegenseitig durchs ganze Haus jagen. Langweilig wurde es bei uns nie. Papa war über die Feiertage auch Daheim, was ich richtig schön fand. Besonders oft kam das leider nicht vor. Mama und er genossen die Zeit sehr. Es dauerte jetzt nur noch ein paar Tage, bis das Jahr zu Ende ging. Das Jahr, in dem ich geboren wurde und das bereits einige Höhen und Tiefen beinhaltete, war bald vorbei und alle blickten hoffnungsvoll auf das neue Jahr. Was würde es uns wohl alles bringen? Es war schon eine gewisse Unsicherheit, die sich in mir breit machte. Dann war der Tag gekommen, an dem der Jahreswechsel stattfand. Es war Silvester. Silvester war für mich nichts Aufregendes. Ich war auch viel zu müde, um so lange wach zu bleiben und den Jahreswechsel mitzuerleben. Mama meinte nur, ich könnte vielleicht nachts aufwachen, wenn die Menschen um unser Haus herum mit Raketen das neue

Jahr begrüßten. Doch ich schlief wie ein Stein. Ich hatte nachts ohnehin meistens einen sehr guten Schlaf. Wenn ich abends satt war von meiner Milch, kam es schon recht häufig vor, dass ich bis zum nächsten Morgen durchschlief. So etwas kannte Mama nicht von meinen Brüdern. Eigentlich wollten Sie ja auch unbedingt wach bleiben, um das Feuerwerk zu sehen. Doch daraus wurde nichts. Beide sind kurz vorher eingeschlafen. Papa versuchte zwar alles, um sie zu wecken, doch es half nichts. Sie schliefen durch bis zum nächsten Morgen. Als sie aufwachten, waren sie natürlich sehr enttäuscht, dass sie wieder einmal das Feuerwerk nicht sehen konnten. Sie nahmen sich vor, dass es ein Jahr später, beim nächsten Silvester, anders sein sollte. Alle kamen an diesem Morgen zu mir und wünschten mir ein frohes neues Jahr. Ob das wirklich eintreffen sollte, würden wir noch früh genug feststellen. Die Tage vergingen und langsam näherten wir uns dem Termin für die Untersuchung in der Kinderklinik und ich merkte, dass Mama und Papa ziemlich aufgeregt waren deswegen. Sie redeten sehr viel davon. Mama fing auch oft an zu weinen, wenn sie sich über mich und die Untersuchungen unterhielten. Ich war darüber sehr traurig, weil ich meinen Eltern lieber Freude und Glück geschenkt hätte. So hatte ich mir das wirklich nicht vorgestellt. Ich wollte unbedingt vor der Untersuchung noch einmal mit Jonathan sprechen und hoffte sehr, dass er es spürte, wie gerne ich ihn jetzt gerade sehen wollte. Und tatsächlich. Er merkte es und kam zu mir. Das Band, das uns verband, war unglaublich stark, so dass er immer genau wusste, wann ich ihn brauchte. Ich lag gerade in meinem Bettchen und sollte mal wieder meinen Mittagsschlaf machen. Das mochte ich aber gar nicht so gerne. Ich wollte ja auch nichts verpassen, was meine Brüder oder meine Eltern machten. Jonathan kam ganz leise auf mich zu. Man konnte jedoch keine Schritte von ihm hören. Niemand konnte ihn sehen, außer mir. Und ich freute mich wahnsinnig darüber, dass er zu mir gekommen war. „Jonathan", rief ich ihm leise zu. „Wie schön, dass du gekommen bist. Ich habe solche Angst vor den Untersuchungen in der Klinik." Jonathan berührte meine Wange und schaute mich lächelnd an. „Du brauchst keine Angst haben. Dir wird nichts geschehen. Deine Eltern werden immer bei dir sein. Diese Untersuchungen müssen sein, um deine Besonderheit zu entdecken und deinen Eltern den Weg aufzuzeigen, der für sie nun beginnen wird." Jonathan hatte so eine wundervolle Art Alles zu erklären und mir die Angst zu nehmen. Ich war unsagbar froh, dass er mein Freund war. „Was würde ich nur ohne dich machen, Jonathan", sagte ich zu ihm. „Liebes", antwortete er mir „das darfst du aber nicht denken. Irgendwann wird der Zeitpunkt kommen, an dem du dein Leben ohne mich meistern musst. Auf mich wartet dann wieder ein neuer Stern, der meine Hilfe benötigt. Doch soweit ist es noch nicht. Wenn die Zeit gekommen ist, werden wir beide es spüren. Du wirst von Tag zu Tag stärker und deine Eltern werden eine ganz besondere Beziehung zu dir aufbauen. Sie werden dann dein Halt und deine Stütze sein, wenn du Rat brauchst oder es dir einmal nicht gut geht. Jetzt solltest du aber etwas schlafen. Du musst schlafen, um dich immer weiter zu entwickeln. Schlaf ist kostbar und wichtig für dich." Jonathan drehte sich um und ging langsam wieder aus dem Zimmer. Meine Augen wurden schwer und ich schlief ein. Wie immer war mein Mittagsschlaf nicht von langer Dauer. Gerade einmal dreißig Minuten konnte ich schlafen. Daran hatten sich mittlerweile meine Eltern mehr oder weniger gewöhnt. Kaum war ich richtig wach, stand auch schon mein Bruder Manuel bei mir am Bettchen und küsste meine Hand. Meine drei Brüder herzten mich sehr gerne und mir gefiel das ganz besonders. Ja, ich kann sagen, dass sie mich sehr lieb haben. Ein schönes Gefühl, dass ich nicht mehr missen wollte.

Kapitel 5

Ein steiniger Weg beginnt

Mama und Papa waren sehr nervös. Das lag daran, dass wir gleich den Termin in der Kinderklinik haben würden. Besonders bei Mama spürte ich es deutlich, dass sie innerlich zerrissen zu sein schien. Aber es half ja nichts. Wir mussten zu dieser Untersuchung, um endlich meine Besonderheit kennen zu lernen. Es war kein leichter Gang und die Ungewissheit machte meinen Eltern ein mulmiges Gefühl im Magen. Auf der Fahrt ins Krankenhaus herrschte Schweigen im Auto. Die Fahrt war nicht besonders lang und Papa parkte den Wagen in der Tiefgarage. Diese Anspannung war kaum auszuhalten. Wir fuhren mit dem Aufzug in den dritten Stock, wo wir noch einige Zeit auf den Beginn der Untersuchung warten mussten. Mama hoffte so sehr, dass diese Warterei bald ein Ende hatte, doch es dauert wirklich sehr lange, bis wir endlich aufgerufen wurden. Wenn man so da sitzt und nichts machen kann, außer warten, denkt man zwangsläufig über vieles nach. So war es wohl auch bei Mama und Papa. Ihre Gedanken kreisten immer nur um die eine Frage, was wohl der Auslöser dafür war, dass ich mich noch nicht so weit entwickelt hatte. Es waren außer mir noch einige andere Kinder da, bei denen man sah, dass sie die eine oder andere Schwierigkeit hatten und zum Beispiel nur erschwert laufen konnten. Dies verschlimmerte die Gedanken, die Mama und Papa während der Wartezeit hatten. Endlich war es dann soweit und wir wurden aufgerufen. Die Ärztin nahm sich viel Zeit für uns. Es folgten viele Fragen, die Mama von der Ärztin gestellt wurden. Das meiste bezog sich auf meine Entwicklung. Wie klappt das Trinken aus der Flasche? Kann Katharina nach Dingen greifen? Zeigt sie Interesse an Sachen? Wie ist der Schlafrhythmus und noch viele weitere Fragen. Aus den Antworten darauf wollte die Ärztin einen Entwicklungsstand feststellen. Danach wurde ich noch gewogen, gemessen und mein Kopfumfang ausgemessen. Ich mochte das gar nicht. Diese Waage war immer so kalt. Und das Maßband an meinem Kopf fand ich auch alles andere als angenehm. Deshalb machte ich es der Ärztin auch nicht gerade leicht. Sie schaffte es aber dann doch und mein Kopfumfang war identisch zu der Untersuchung beim Kinderarzt. Damit war die Untersuchung auch schon vorbei. Die Ärztin brauchte eine Weile, um die Ergebnisse auszuwerten und mit einer Kollegin zu sprechen. Nach einiger Zeit kamen beide zu uns zurück. Man waren meine Eltern jetzt aufgeregt. Ich konnte es zwar nicht verstehen, machte mir aber Sorgen, vor allem um Mama. Die Ärztin fing an, die Untersuchungsergebnisse zu erläutern. Zwischenzeitlich hatte Mama schon ein mulmiges Gefühl und ahnte wohl, was als nächstes kommen sollte. Was meine Eltern langsam ahnten, wurde durch die Ärztinnen bestätigt. Bei mir lag eine hochgradige Entwicklungsverzögerung vor. Obwohl ich schon fünf Monate alt war, lag mein Alter anhand meiner vorliegenden Entwicklung deutlich dahinter. Die Ärzte schätzten es auf etwa zwei bis drei Monate. Warum dies allerdings so war, darauf hatte niemand eine Erklärung. Um meine motorische Entwicklung, also meine Bewegungen, zu verbessern, wurde Mama und Papa empfohlen mit mir Krankengymnastik zu machen. Je früher man damit anfangen konnte, desto besser wären die Erfolgsaussichten, meinte die Ärztin. Für meine Eltern war klar, dass wir das auf jeden Fall versuchen wollten. Von diesem Moment an, begann eine sehr anstrengende Zeit für mich und meine ganze Familie. In meinem damaligen Alter wurde uns Krankengymnastik nach Vojta verschrieben. Wir konnten noch nicht wissen, dass uns dies auf eine harte Probe stellen sollte. Regelmäßiges Training gehörte ab jetzt zu meinem Tagesablauf. Für Mama war es enorm schwer, die Ergebnisse der Untersuchung zu verarbeiten und besonders, sie zu verstehen und zu akzeptieren. Das Schlimmste daran war jedoch, dass niemand wusste, was die Ursache für meine Entwicklungsverzögerung darstellte. Jonathan habe ich in den letzten Tagen nicht mehr gesehen. Ich glaube aber, dass dies von ihm beabsichtigt war, da er mir ja schon einmal sagte, dass es für uns alle sehr wichtig sei, gemeinsam mit der Herausforderung umzugehen. Und genau das taten wir auch. Es war Mama und Papa klar, dass ich Unterstützung benötigte, um mich weiter zu entwickeln. Meinen Brüdern sagten meine Eltern noch nichts davon. Sie wollten nicht, dass sie sich auch noch darüber Sorgen machten. „Solange wir nicht wissen, was die Ursache ist, sagen wir es ihnen noch nicht.“, sagte Papa zu Mama. Mama hatte sich in den letzten Wochen etwas verändert. Sie wollte nicht, dass ich es merkte, aber meine Bindung zu ihr war so stark, dass sie es nicht vor mir verbergen konnte. Ich spürte, dass sie sich von mir entfernte. Es ist wohl für keine Mutter leicht zu erfahren, dass ihr Kind bestimmte Schwierigkeiten in der Entwicklung hat. Mein größter Wunsch war in diesem Moment, sie einfach in den Arm nehmen zu können und sie um Verzeihung zu bitten. Ich hoffte, sie könnte mir irgendwann verzeihen, dass ich im Moment nicht so sein konnte, wie sie sich das immer vorgestellt und gewünscht hatte. Sie so traurig zu sehen, war für mich schlimm. Mama und Papa unterhielten sich auf der Rückfahrt vom Krankenhaus endlich wieder. Und natürlich gab es nur ein Thema. Ich! Wie lange sollte das denn noch so gehen? Es gab doch noch so viele Dinge, über die man sich unterhalten könnte. Warum redeten Sie immer nur über mich und meine Probleme in der Entwicklung? Nachdem wir wieder zurück waren, legte sich endlich die Aufregung wieder etwas und wir konnten uns alle ein wenig ausruhen. Das hatten wir auch wirklich nötig, denn die vielen Gedanken, die immer wieder kamen, kosteten viel Kraft. Ich war auch sehr erschöpft von der

Untersuchung und wollte nur noch schlafen. Wie so oft, dauerte aber auch diesmal mein Mittagsschlaf nicht wirklich lange. Dementsprechend verhielt ich mich auch den restlichen Tag und machte es meinen Eltern nicht gerade leicht, sich auf irgendetwas anderes zu konzentrieren, als auf mich.

Bereits eine Woche nach der Verordnung fand meine erste Stunde Krankengymnastik statt. Mama und Papa sind beide mit mir hingegangen. Ich hatte noch keine Ahnung, was auf mich zukommen würde. Auch Mama und Papa ging es nicht anders. Sie wussten zwar, was man so bei der Krankengymnastik macht, denn beide hatten früher schon einmal selbst Behandlungen erhalten. Das war aber überhaupt nicht vergleichbar. Ich war ja noch ein Baby und konnte selbst ja nicht wirklich etwas aktiv machen. Aber erst hieß es wieder einmal warten. Ich weiß gar nicht, wie lange ich schon bei den Ärzten in den letzten Wochen warten musste. Glücklicherweise mussten wir diesmal nur kurz im Wartebereich auf den ziemlich unbequemen Plastikstühlen sitzen, bis wir abgeholt wurden. Die Physiotherapeutin war sehr nett und hatte offensichtlich viel Erfahrung. Bevor wir anfingen, erzählte sie uns etwas über sich und das Therapieverfahren nach Vojta. Sie fand das wichtig, um das entsprechende Vertrauen in sie aufzubauen. Ich fragte mich dabei, warum das bei einer Krankengymnastik so wichtig sei. Wir würden doch nur turnen, oder etwa nicht? Im Behandlungszimmer hingen viele Bilder von anderen Kindern, die bei ihr schon in Behandlung waren. Sie sahen alle so glücklich aus, auch wenn einige von ihnen offensichtlich ein sehr schweres Schicksal hatten. Die Therapeutin ließ sich viel Zeit, Mama und Papa in aller Ruhe zu erklären, wie die Therapie nach Vojta funktioniert. Ich muss zugeben, ich fühlte mich plötzlich etwas mulmig. Alle dachten ja, ich würde nichts mitbekommen und das nicht verstehen, aber als sie beschrieb, was mich in den nächsten Wochen und Monaten, ja möglicherweise sogar Jahren, erwarten sollte, hätte ich ihnen allen am liebsten ein Zeichen gegeben, dass ich es verstand. Wegrennen wäre mir in diesem Moment am Liebsten gewesen. Vielleicht hätten sie es sich durch ein Zeichen von mir ja dann noch einmal überlegt, eine andere Therapie zu machen. Sie beschrieb weiter, dass man bei dieser Therapiemethode die Kinder ganz bewusst in eine beengende Lage bringt, aus der sie ganz intuitiv versuchen, sich wieder zu befreien, was aber durch das Festhalten des Therapeuten unterbunden wird. Wie gerne hätte ich gefragt, ob ich das gerade richtig verstanden hatte. Es half nichts. Da musste ich wohl jetzt durch. Mama musste mich für die Übungen komplett ausziehen. Nicht einmal meine Windel durfte ich anbehalten. Das war nicht anders machbar, da man bei den Übungen sehen musste, ob die Muskulatur arbeitete und die richtigen Muskeln beansprucht wurden. Zum Glück war es in dem Raum schön warm und die

Wärmelampe über mir tat ihr Übriges dazu. Aber dieses verflixte Ding lenkte mich immer wieder ab. Die bunten Lämpchen waren viel interessanter, als mich auf die Übungen zu konzentrieren. Die Therapeutin kannte das wohl schon von anderen Kindern. Bevor die erste Übung losging, wollte sie sich einen Eindruck verschaffen, wie meine motorische Entwicklung war. Ich wurde in alle Richtungen gedreht und auf den Kopf gestellt. Da dachte ich bei mir, dass sich das ähnlich anfühlt, als im Baum von Mama. Auch damals wurde ich ja hin und her geschaukelt, wenn Mama sich bewegt hatte. Aber das bei der Therapeutin war nicht so sanft. Mein Köpfchen konnte ich ja noch nicht halten, was dazu geführt hat, dass er ziemlich nach links und rechts, vorne und hinten gekippt war. Angenehm war das wirklich nicht. Aber es gehörte nun mal dazu. Um eine Therapie auf meine Bedürfnisse abzustimmen, musste sie erstmal meine Schwachstellen kennen. Es war dann doch relativ schnell wieder vorbei und ich wurde von ihr auf die Therapieliege gelegt. Endlich ausruhen. Doch weit gefehlt. Mit Ausruhen war es schneller vorbei als Papa seine Uhr ausziehen konnte. Die hätte mich sonst verletzen können, wenn Papa die Übungen mit mir nachmachen sollte. Von Rückenlage wurde ich auf Bauchlage umgedreht und ganz nah an die Kante des Therapietisches gelegt. Mama und Papa waren sehr aufmerksam. Sie sprachen kein Wort sondern schauten der Therapeutin bei jedem Handgriff genau zu. Es war wichtig, dass sie alles so genau wie möglich nachmachen konnten. Da lag ich nun auf dem Bauch und ich spürte, wie die Therapeutin meine Arme und meine Beine nahm und in eine bestimmte Position brachte. Das war vielleicht ein komisches Gefühl. So wurde ich ja noch nie bewegt. Ich kam mir vor, wie ein kleines geschnürtes Päckchen. Dafür sorgte die Therapeutin mit ihren Händen, die mich in dieser Position festhielten. Der Griff wurde nicht so schnell wieder gelöst. Sie hielt mich weiterhin fest und ich fand das sehr beklemmend. Ich konnte mich ja kaum bewegen. Trotzdem versuchte ich es. Und genau das wollte die Therapeutin von mir. Durch diese Bewegungen wurde meine Muskulatur beansprucht. Man konnte es ganz genau erkennen, wie sich meine Muskeln bewegten. Besonders am Rücken war es gut zu sehen. Na wenn das alles ist, dachte ich so bei mir. Doch das war es überhaupt nicht. Zuerst folgte noch die andere Seite und darauf dann noch zwei weitere Übungen. Ich wusste gar nicht, dass ich so schreien konnte. Ich schrie nicht vor Schmerzen sondern wollte einfach nur noch aus dieser Lage heraus. Die Therapeutin fand das scheinbar gut. Das war ein gutes Zeichen, dass ich mich anstrengte und verarbeitete. Ich merkte, während die Therapeutin die Übungen mit mir machte, dass Mama irgendwie nicht so ganz bei der Sache war. Sie schaute sehr skeptisch. Ganz anders Papa. Er schaute sehr interessiert und machte auch alle Übungen mit mir nach. „Diese Übungen machen Sie jetzt drei mal am Tag zuhause mit

Katharina.“, sagte die Therapeutin. Ich erschrak. Drei Mal am Tag war eine ganze Menge. Das würde ja ein großer Spaß werden. Auch bei Mama sah ich, dass sie alles andere als glücklich darüber war. Das erste Mal seit meiner Geburt fragte ich mich, warum ausgerechnet ich dies alles über mich ergehen lassen musste. Wie gerne wäre ich ein gesundes Kind, das diese Übungen nicht benötigte. Auch Mama machte sich Vorwürfe. Sie hätte mir das alles so gerne erspart und litt die ganze Zeit mit mir. Es war aber nicht meine Bestimmung, ein gesundes Kind zu sein. Das hatte mir Jonathan ja schon erklärt. Endlich war die Stunde vorbei und Papa zog mich wieder an. Ich spürte noch immer jeden Muskel in meinem Körper, der durch die Übungen beansprucht wurde. Es dauerte eine ganze Weile, bis ich mich etwas beruhigt hatte. Diese Übungen hatten mich doch sehr mitgenommen. Nachdem ich wieder ruhiger war, wurde ich total müde. Noch auf der Fahrt nach Hause schlief ich im Auto ein. Ich war total geschafft.

Mein Nickerchen war wieder einmal, trotz der vorherigen Anstrengung, nicht besonders lang. Eigentlich wollte Papa noch am selben Abend wieder mit mir Krankengymnastik machen. Er musste aber noch etwas Arbeiten und wir konnten deshalb nicht zusammen trainieren. Ich war nicht wirklich böse, denn so viel Spaß hatte es ja wirklich nicht gemacht. Entfliehen konnte ich der Sache jedoch nicht. Am nächsten Morgen war es dann doch soweit. „Auf geht´s Maus“; sagte er zu mir und nahm mich auf den Arm. Wir hatten ja nicht so einen tolle Therapieliege, wie die Therapeutin im Krankenhaus. Es blieb uns nur die Möglichkeit, das Training auf dem Sofa zu machen. Die Ecke des Sofas war das Einzige, wo ich gut liegen konnte und Papa mich festhalten konnte, wie es sein musste. Er schien noch etwas unsicher bei den einzelnen Positionen und Handgriffen zu sein, gab sich aber große Mühe nichts falsch zu machen. Ich hatte den Eindruck, dass es immer etwas besser wurde. Geschrien hatte ich wieder bei jeder Übung. Papa machte das offensichtlich nichts aus. Er ließ sich nicht beirren und machte konzentriert weiter. Mama hingegen hatte damit so ihre Probleme. Sie konnte es nicht ertragen, mich so zu sehen und zu hören. Sie musste sogar aus dem Zimmer gehen, wenn Papa mit mir trainierte. Eigentlich sollte sie auch hin und wieder mit mir üben. Doch daraus wurde leider nichts. Zu groß war ihre Distanz und Angst, mir weh tun zu können. Sie hatte täglich damit zu kämpfen, es endlich zu verstehen, wieso ich nicht so sein konnte wie die anderen kleinen Mädchen, die sie oft beim Einkaufen sah. Es war schlimm für sie. Ich spürte, wie sie oft innerlich weinte und daran zu zerbrechen drohte. Sie wollte sich aber niemals etwas anmerken lassen. Gerade wegen meinen Brüdern, die von allem ja noch nichts wussten. Damit wollten sich Mama und Papa noch etwas Zeit lassen, bevor sie mit ihnen sprechen wollten. Die nächsten Wochen waren sehr eintönig. Papa machte mehr oder weniger regelmäßig die Krankengymnastik mit mir. Die meiste Zeit war er aber auf der Arbeit. Meine Brüder waren morgens im Kindergarten oder in der Schule und danach bei Mama und mir Zuhause. Ich spürte, wie Mama sich total alleine fühlte mit ihrer Angst und ihren Sorgen um mich. Aus der Familie fehlte der Rückhalt. Nur die Tante meiner Mama und deren Mann waren da und verstanden, was in Mama vorging. Ich glaube, das hat ihr manchmal geholfen, nicht aufzugeben und weiter stark zu sein. Manchmal mussten wir auch zum Kinderarzt. Es war draußen noch kalt und die Erkältung hatte meine Brüder richtig erwischt. Ich hatte bisher sehr großes Glück, dass ich verschont geblieben war. Wenn das Wetter es erlaubte und meine Brüder einigermaßen gesund waren, ging Mama mit mir Spazieren oder wir waren mit den beiden auf dem Spielplatz. So konnten die beiden sich wenigstens austoben, was sie wirklich brauchen konnten. Durch die Physiotherapeutin bekamen wir einen Termin für eine Untersuchung meines Köpfchens. Mama wollte doch unbedingt wissen, warum er nicht wachsen wollte. Es fühlte sich manchmal so an, dass meine Schädelnähte schon verschlossen waren, wenn Mama mit der Hand über meinen Kopf streichelte. Die sonst in meinem Alter noch weichen Stellen am Kopf waren bei mir schon ziemlich hart. Wir hatten den Termin direkt nach der Krankengymnastik. Da war ich meistens sehr müde und die Untersuchung sollte gut funktionieren, wenn ich ruhig liegen bleiben würde. Der

Arzt wollte eine Ultraschalluntersuchung machen. Und schon nach den ersten Minuten der Untersuchung kam für meine Eltern eine erste Information, die sie sehr verunsicherte. Er stellte bereits ziemlich stark verschlossene Schädelnähte und eine Zyste unterhalb meines Kleinhirns fest. Mama stand etwas hinter mir und konnte die Bilder auf dem Monitor gut erkennen. Man konnte ganz deutlich die Zyste erkennen. Der Arzt versicherte zwar, dass diese keine Ursache für meine Einschränkungen sei, man es aber weiter beobachten müsste. Meine Eltern waren in diesem Moment doch ziemlich geschockt. Sachen, die im Kopf festgestellt werden, lösen offensichtlich bei vielen Menschen große Sorgen aus. So war es auch bei Mama und Papa. Beim anschließenden Gespräch mit dem Kinderarzt einige Tage später, bestätigte er die Aussage seines Kollegen, dass nach seiner Einschätzung die Zyste nichts mit meinem Entwicklungsstand zu tun hatte. Der Kinderarzt wollte jetzt aber auch noch einmal genau schauen, ob vielleicht noch etwas nicht ganz so war, wie es sein sollte und entschied sich nun dafür, meine ganzen Organe mit Ultraschall zu untersuchen und mir Blut abzunehmen, um dieses auf eventuelle Stoffwechselerkrankungen testen zu lassen. Die Ultraschalluntersuchung der Organe fand gleich direkt am selben Tag statt. Alles schien unauffällig. Als er die Nieren untersuchen wollte stockte er für meinen Moment und wirkte verunsichert und ratlos. Was war denn jetzt passiert? Er sah meine Mama an und meinte, er könnte die zweite Niere nicht finden. Er hätte jetzt wirklich sehr genau geschaut und sie trotzdem nicht gefunden. Doch dann fand er die zweite Niere endlich doch. Sie lag unterhalb der anderen Niere im Becken. „Kein Grund zur Beunruhigung“, meinte er. Scheinbar gab es dies hin und wieder und solange ich keine Probleme damit hätte, bräuchte man auch nichts dagegen unternehmen. Das war ja jetzt wieder eine tolle Überraschung. Würde das irgendwann einmal aufhören und nichts Neues mehr hinzukommen? Die Blutabnahme gestaltete sich alles andere als leicht. Meine Venen sind nicht ganz so gut zu erkennen und er suchte lange, bis er sich dazu entschlossen hatte, mir das Blut aus dem Kopf abzunehmen. Hätte ich jetzt sprechen können, ich hätte wohl ganz laut protestiert. Mir blieb nicht viel mehr übrig, als auch das zu überstehen. An der Stirn fand er dann schließlich eine geeignete Vene und legte die Nadel, aus der langsam das Blut anfing in ein Röhrchen zu laufen. Das war total unangenehm und ich schrie, was ich nur konnte. Aufhören wollte ich nicht mit dem Schreien. Solange nicht, bis er endlich fertig war. Ob er wusste, wie sich das anfühlte, mit einer Nadel in der Stirn? Dummerweise kam jetzt nicht mehr so viel Blut und er fing an, an meiner Nase herum zu machen. Er kniff mir kurz die Nase zu und ließ wieder los. Dadurch schrie ich noch mehr und schon lief das Blut wieder besser. Ich war heilfroh, als er endlich genug Blut zusammen hatte und mir die Nadel entfernte. Jetzt erlebte ich aber schon viele

Dinge in den letzten Tagen und wollte einfach nur mit Jonathan sprechen. Ich wollte ihn sehen, egal wie. Alle diese Eindrücke und Sachen, die man bei mir festgestellt hatte, machen mir ein wenig Angst. Endlich waren wir beim Kinderarzt fertig und Mama lief gerade mit dem Kinderwagen mit mir zum Auto als plötzlich eine Windböe kam. Der Wind rauschte wunderschön und immer um meinen Wagen herum. Lange hatte ich das nicht mehr so intensiv gehört. Im nächsten Moment sah ich ihn vor mir. Es war Jonathan. „Woher wusstest du, dass ich dich gerne sehen wollte?“, frage ich ihn. „Kleines, du weißt doch, dass ich immer in deiner Nähe bin. Ich war auch die letzten Wochen ständig da. Hast du mich denn nicht gespürt?“, wollte er wissen. „Ach Jonathan, ich habe so vieles erlebt seit unserem letzten Gespräch. Vieles davon war nicht angenehm und verunsicherte mich.“ Jonathan sah mich mit seinen wundervollen Augen an. Sein Blick drang tief in mein Innerstes. Ich konnte seinen Blick geradezu spüren. „Ja Katharina. Ich weiß, dass du es nicht leicht hattest. Doch du musst durchhalten. Euer Weg hat gerade erst begonnen. Ihr müsst ihn zusammen weiter gehen. Glaube mir, es wird für deine Eltern einfacher sein, das alles zu akzeptieren, wenn sie die Ursache für dein Besonderheiten kennen.“ „Aber sag mir Jonathan, wie soll ich das alles aushalten. Ich bin doch noch so klein.“, konnte ich nur darauf antworten. Ich fühlte mich so hilflos. Das war ich auch, selbst wenn ich es nicht wahrhaben wollte. „Du wirst es aushalten. Du hast bereits sehr viel Kraft und Stärke gezeigt. Habe Vertrauen zu den Menschen, die diesen Weg mit dir gemeinsam gehen. Sie werden es nicht zulassen, dass du leidest. Du bist ein so wundervolles kleines Mädchen, dass auf ihre Weise die Herzen der Menschen mit Liebe erfüllt. Das, kleine Katharina, ist viel wichtiger als jede Bewegung, die du deinem Körper gerne entlocken würdest." Jonathans Stimme klang so klar und überzeugend. Mir ging es schon deutlich besser. Seine Worte gaben mir neuen Mut und Zuversicht. Diesmal war Abschied sehr kurz und doch wie immer sehr herzlich. Er konnte nicht länger bleiben und machte sich wieder auf den Weg zu den vielen Sternen am Himmel. Mama und ich waren mittlerweile am Auto angekommen und sie telefonierte mit Papa. Ich konnte sogar seine Stimme hören. Sie erzählte ihm von den Ergebnissen der Untersuchung beim Kinderarzt. Wie jedes Mal war sie dabei irgendwie traurig und ängstlich, ja sogar ein wenig verzweifelt. Es war deutlich zu spüren, dass sie sich das alles so nicht vorgestellt hatte. Papa merkte das wohl auch und kam an diesem Tag etwas früher von der Arbeit. Sie mussten nun einfach zusammenhalten, egal was auch passierte. Ich glaube, Papa hatte ein ziemlich schlechtes Gewissen, weil er die letzten Tage kaum mit mir meine Gymnastik gemacht hatte. Er schnappte mich kurz nachdem er von der Arbeit zurück war und machte direkt die ganzen Übungen mit mir. Wie immer schrie ich so laut ich nur konnte und Mama ging sicherheitshalber in ein anderes Zimmer. Es tat ihr in der Seele weh, mir dabei zu zuschauen oder noch schlimmer, die Übungen selbst mit mir zu machen. Papa gab sich wieder viel mehr Mühe und machte auch wieder zweimal am Tag mit mir Krankengymnastik. Ich konnte ja auch nur stärker werden, wenn es regelmäßig gemacht wurde. Ich denke, das haben meine Eltern auch ziemlich schnell verstanden. Nach ein paar Tagen erfuhren wir das Ergebnis der Blutuntersuchung, die der Kinderarzt veranlasst hatte. Es gab keine Auffälligkeiten. Gott sei Dank. Mama und Papa waren sehr erleichtert darüber. Ich sah, wie sie sich umarmten und sich darüber freuten, dass im Blut nichts gefunden wurde. Im Umkehrschluss bedeutet das aber, dass wir weiter nach der Ursache suchen mussten. Wir müssten doch irgendwann einmal erfahren, was hinter dem Ganzen steckt und ich mit der Entwicklung so weit zurück liege und mein Köpfchen auch nicht richtig wächst. Der Kinderarzt konnte sich keinen Reim darauf machen und fand es an der Zeit, dass eine Magnetresonanztomographie von meinem Kopf durchgeführt werden sollte. Meine Eltern hatten so lange gehofft, dass dies nicht notwendig sein würde. Mama hatte sich schon eine ganze Weile damit beschäftigt und auch im Internet nachgelesen, wie diese Untersuchungen bei so kleinen Kindern wie mir, ablaufen würden. Es hatte ihr nicht besonders gefallen, was sie alles gelesen hatte. Es half aber nichts. Auch da musste ich nun durch.

Mama weinte an diesem Tag sehr viel. Sie hatte sich alles so anders gewünscht. Wie konnte sie diesen ganzen Schmerz nur aushalten. Erst die schlimme Schwangerschaft, meine beiden Brüder, die ihre Aufmerksamkeit brauchen, mein Papa, der kaum da war und dann auch noch die Sorgen um mich. War ihr das nicht zu viel? Meine Angst um sie wuchs stetig mit jeder neuen Nachricht von den Ärzten. Ich hoffte sehr, dass sie nicht unter dieser ganzen Last aus Sorge, Angst und auch Trauer, zerbrechen würde. Wie gerne hätte ich ihr eine Antwort auf die Frage nach dem WARUM oder nach dem „WAS“ gegeben, aber das konnte ich nicht. Mir war es genauso fremd und unheimlich. Ich wusste selbst nicht, was das alles zu bedeuten hatte und was hinter meiner Besonderheit steckte.

Kapitel 6

Der Anfang einer Erklärung

Es war inzwischen bereits April und das Wetter wurde richtig sommerlich. Wir konnten viel nach draußen gehen und genossen es, endlich wieder einmal lange Spaziergänge machen zu können. Für meine Brüder war der Spielplatz neben unserem Haus der beliebteste Ort, an dem sie gemeinsam spielen konnten. Manchmal waren auch Freunde aus dem Kindergarten dort und sie spielten dann alle zusammen. Im Garten spielte Alexander gerne Fußball und auf dem Weg vor unserem Garten, fuhren sie Fahrrad. Durch das schöne Wetter wurde Mama etwas abgelenkt und dachte nicht ununterbrochen an die bevorstehende Untersuchung. Für die Magnet-resonanztomographie hatten wir für Anfang Mai einen Termin bekommen. Mama bekam erklärt, dass es wichtig sei, dass ich bei dieser Untersuchung absolut still liegen bleiben müsste. Bei Kindern wird deshalb immer eine sogenannte Sedierung, also eine Art Narkose unter Verwendung von Medikamenten, vorgenommen. Ich musste also während der ganzen Untersuchung schlafen. Davor hatte Mama richtig Angst. Was, wenn es Komplikationen dabei geben würde? Was, wenn mir von den Medikamenten vielleicht übel würde? All diese Dinge schossen ihr durch den Kopf. Wieder und immer wieder. Sie hatte sogar Angst, für die Untersuchung mit ins Krankenhaus zu gehen. Sie konnte mich einfach nicht so sehen. In ihrem Kopf lief alles wie ein Film ab, obwohl sie überhaupt nicht wusste, wie es wirklich sein würde. Sie war unglaublich nervös und wollte deshalb auch zuhause bleiben. Papa verstand das und es war für ihn kein Problem, mich bei der Untersuchung zu begleiten. Je näher der Tag kam, desto aufgeregter waren alle um mich herum. Ich freute mich zwischenzeitlich schon fast auf die Untersuchung, denn ich hoffte, dass ich Jonathan wiedersehen würde, wenn ich einschlief. Schnell vergingen die Tage bis dahin und dann war er da, der Tag, an dem die Untersuchung stattfinden sollte. Die Nervosität bei meinen Eltern war deutlich spürbar. Ich glaube, das merkten auch meine Brüder, denn sie waren auch ziemlich komisch an diesem Morgen. Papa hatte sich für diesen Tag extra frei genommen und Mama brachte meine Brüder in den Kindergarten. Wir mussten schon sehr früh im Krankenhaus sein, da die Vorbereitungen für die Untersuchung die meiste Zeit benötigten. Ich wurde in einen Behandlungsraum in der Ambulanz gebracht und bekam erstmal Blutdruck gemessen und ein EKG geschrieben. Die Krankenschwestern, die sich um mich kümmerten, waren sehr nett und nahmen sich viel Zeit für mich. Ich fühlte mich eigentlich ziemlich wohl. Doch dieses blöde Blutabnehmen kam ja auch noch dran. Anders als beim letzten Mal beim Kinderarzt, der mir Blut aus der Stirn abnehmen musste, konnte diesmal am Arm ein Zugang gefunden werden. Welch ein Glück, dass mein Kopf diesmal verschont geblieben war. Der Zugang im Arm sollte später auch für die Infusion genutzt werden. Drei Krankenschwestern kamen zum Blutabnehmen. Die kannten mich ja nicht, sonst hätten sie gewusst, dass ich bisher keine Schwierigkeiten dabei gemacht habe. Aber nun gut, dachte ich mir, dann sollen sie mal anfangen. Während eine von ihnen meine Beine und die zweite meine Arme festhielt, versuchte die dritte Krankenschwester für den Zugang eine geeignete Stelle zu finden. Es muss wohl ziemlich komisch ausgesehen haben, wie alle drei Frauen fast auf mir lagen und mich festhielten. Aber sie machten ihre Sache gut. Es gab nur einen kleinen Pieks und der war direkt ein Volltreffer. Gleich beim ersten Versuch lag die Nadel perfekt und die Infusion konnte angeschlossen werden. Alle wunderten sich, dass ich überhaupt nicht geweint hatte. Sie meinten zu Papa, ich wäre ein unglaublich tapferes kleines Mädchen. Wir hatten das schon öfter erlebt. Auch beim Impfen hatte ich bisher kaum geweint. Manchmal war ich scheinbar bei Schmerzen nicht so empfindlich. Jetzt hieß es aber erst einmal wieder warten, bis wir uns auf den Weg zum Untersuchungsraum machen konnten. Papa begleitete mich natürlich und trug mich durch das halbe Krankenhaus. Er durfte die ganze Zeit bei mir sein, bis ich durch das Medikament einschlafen würde. Nach kurzem Warten wurden wir aufgerufen und Papa trug mich in den Raum, in dem der große runde Apparat stand, in den ich gleich hineingelegt werden würde. Er trug mich bis zum Gerät und hielt mich fest in seinem Arm. Ich hatte das Gefühl, er wollte mich überhaupt nicht mehr los lassen. Der anwesende Arzt gab mir nun das Medikament durch den liegenden Zugang, so dass ich einschlafen sollte. Es dauerte keine Minute, bis ich meine Augen geschlossen hatte und friedlich schlief. Papa hatte mich immer noch auf seinem Arm und legte mich sanft auf die Liege vor dem Gerät. Ich war eigentlich ganz froh, dass ich so tief geschlafen habe, als Papa mich hingelegt hatte. Ich spürte noch, dass er fast geweint hätte, als ich in seinem Arm einschlief. In diesem Moment muss bei ihm vieles wieder hochgekommen sein. Die letzten Wochen und Monate waren für unsere ganze Familie eine enorme Belastung.

Nachdem ich so schnell eingeschlafen war, sah ich mich im nächsten Moment selbst an einem feinen Sandstrand sitzen. Die Wellen rauschten wunderbar in ihrem eigenen Takt. Ich konnte die klare Luft und die wohltuende Wärme auf meiner Haut spüren. Ich fühlte mich frei und glücklich. Ein wundervoller Ort, um die Gedanken an meine Probleme für einen Moment zu vergessen. Es war bereits Nacht und ich sah die Sterne am Himmel leuchten. Sie leuchteten so hell und klar, wie ich es noch nie gesehen hatte. Jeder einzelne von ihnen strahlte so unglaublich stark. Ich erinnerte mich zurück, als ich selbst noch kleiner Stern am Nachthimmel war. Jeder der

Sterne, die ich jetzt am Himmel sehen konnte, war ein kleines Leben, das noch nicht für die Reise auf die Erde bereit war. Wie viele von Ihnen mögen wohl auch eine Besonderheit in sich tragen? „Wer wir sind, was wir sein werden und ob wir ein glückliches oder gesundes Leben auf der Erde haben, ist schon vorbestimmt bevor wir unsere lange Reise ins Leben antreten.“ Ich kannte diese Stimme, die das in diesem Augenblick zu mir gesagt hatte. Sie klang so wunderbar vertraut. Es war Jonathan, der sich neben mich in den Sand setzte. Seine Flügel schimmerten im Licht des Mondes und der Sterne. Ich freute mich sehr über seinen Besuch. „Ich habe gehofft, dass du mich besuchen kommst.“ Jonathan nahm mich in den Arm und streichelte meinen Kopf. „Ich freue mich auch hier zu sein. Du weißt, dass ich gerne bei dir bin. Es ist schön zu sehen, wie mein kleiner Stern immer größer wird. Heute ist ein wichtiger Tag in deinem Leben.“, flüsterte er mir ins Ohr. „Deine Familie wird heute einen großen Schritt auf eurem Weg gehen. Das Ergebnis der Untersuchung wird euch weiterbringen. Erwarte aber bitte nicht zu viel. Ihr werdet nur ein Puzzleteil mehr haben, das die bereits vorhanden ergänzt. Es werden noch weitere folgen in den nächsten Wochen, bis das Bild komplett ist.“ Es hörte sich so an, dass ich bald wüsste, was so besonders an mir ist. Auch meine Eltern würden es dann endlich erfahren. Ich spürte, dass die Untersuchung bald zu Ende sein musste, da ich anfing wieder langsam zu mir zu kommen. Der Strand, das Meer und auch Jonathan verblassten langsam. Wir konnten uns gerade noch verabschieden, bevor ich wieder zurück war von meinem kleinen Ausflug an den Strand. Ich sah um mich herum wieder Ärzte und Krankenschwestern. Sie hatten mich direkt nach der Untersuchung in ein Krankenhausbettchen gelegt, in dem ich gerade wieder aufwachte. Papa kam jetzt auch wieder zu mir und gab mir ein Küsschen auf die Stirn. Er wartete draußen vor der großen Tür während der Untersuchung. Ich sah ihm an, wie glücklich er wirkte, dass es nun überstanden war. Er gab es zwar nie zu, aber ich wusste, dass er auch Angst vor dieser Untersuchung hatte. Besonders vor der Sedierung, weil man ja nicht vorher wusste, welche Risiken dabei auftreten konnten. Papa erzählte mir, er hätte schon mit Mama telefoniert. Sie war ganz aufgeregt und wollte unbedingt so schnell es geht zu mir kommen. Ich musste noch ein paar Stunden im Krankenhaus zur Beobachtung bleiben. Zwei Krankenschwestern schoben mich in ein Überwachungszimmer und Papa wich mir die ganze Zeit nicht von der Seite. Ich war noch etwas müde und schlief deshalb noch ein bisschen. Als ich nach einiger Zeit wieder aufwachte, stand Mama an meinem Bett. Ich konnte sehen, dass sie sehr froh war, dass ich die Sedierung gut überstanden hatte. Es tat so gut, sie in meiner Nähe zu haben. Plötzlich wurde ich von seltsamen Geräuschen abgelenkt. Ich dachte erst, es wäre Jonathan, der nach mir sehen wollte. Aber anstelle von Jonathan kamen zwei Clowns durch die Tür des Krankenzimmers und munterten mit Späßen die kleinen Patienten, die mit mir im Zimmer waren, etwas auf. Sie hatten Seifenblasen und eine große Tröte dabei, mit der sie richtig viel Lärm machen konnten. Ich fand das toll, konnte es aber leider keinem zeigen. Wie gerne hätte ich mich jetzt einfach im Bett aufgesetzt und den Clowns bei ihrem tollpatschigem Spiel zugesehen. Mein Gehirn sagte meinem Körper, dass ich mich aufrichten wollte, doch meine Muskeln gehorchten ihm nicht. So war das immer. Ich spürte ganz oft, wie mein Gehirn und mein Körper miteinander diesen Kampf austrugen, der scheinbar niemals enden würde. Der Gewinner bei diesem Duell war immer mein Körper. Er ließ meinem Kopf keine Chance, sich durchzusetzen. Es gab so gut wie keine kontrollierten Bewegungen meines Körpers. Ich musste mich erst daran gewöhnen, dass ich vieles nicht beeinflussen konnte. Ich hörte aber immer noch die Clowns im Zimmer und das gab mir wieder Freude zurück. Bevor sie wieder aus dem Zimmer gingen, gaben sie uns Kindern noch jedem einen Luftballon, der wie ein Tier geformt war. Ich bekam eine Giraffe, die Mama neben mir ins Bettchen setzte. Jetzt konnte ich noch ein bisschen schlafen, bis wieder nach Hause durfte.

Eine Krankenschwester schaute regelmäßig nach mir. Einmal holte sie meine Eltern zu einem Gespräch mit dem Radiologen ab, der die Aufnahme des MRT bewertete. Und schon war da wieder diese Aufregung bei meinen Eltern, die ich ja mittlerweile gut kannte. Sie verließen das Zimmer und gingen gemeinsam zu dem Gespräch mit dem Arzt. Ich weiß nicht, wie lange sie weg waren, aber es dauerte eine ganze Weile, bis sie wieder zu mir kamen. Ich sah sofort, dass er etwas gefunden haben musste. Mama und Papa schauten sich oft schweigend an, während ich in meinem Krankenbettchen lag und vor mich hin schaute. Mal wieder war mein Nickerchen nur kurz, obwohl ich noch ziemlich müde war. Doch was wurde bei der Untersuchung festgestellt? Würde meine Besonderheit nun endlich klarer werden? Ich war sehr aufmerksam, ohne dass es jemandem aufgefallen war. Oft, wenn ich einfach nur so da lag, nahm ich vieles auf, was um mich herum passierte. Doch das wusste niemand. Auch Mama und Papa ahnten nichts davon. Dann hörte ich auf einmal, wie sie sich über das Ergebnis der Untersuchung unterhielten. Auf den MRT-Bildern konnte man erkennen, dass mein Kleinhirn deutlich zu klein und mein Hirnstamm schmächtig, also sehr schmal war. Dies erklärte zumindest den zu kleinen Kopfumfang.

Allerdings wusste auch der Radiologe keine Erklärung, wodurch das verursacht wurde. Doch nun war klar, weshalb meine Entwicklung so stark eingeschränkt war und ich große Probleme bei vielen Dingen hatte, die für gesunde Kinder ganz normal waren.

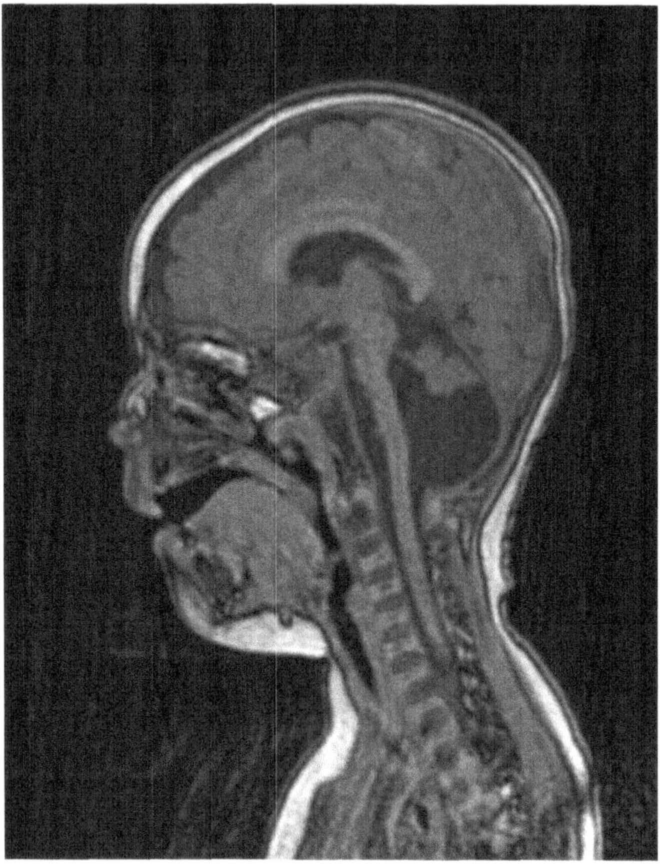

Das war also meine Besonderheit, dachte ich bei mir. Aber es war nur der Anfang eines Weges. Ich war mir nun bewusst, dass Jonathan dies immer meinte, wenn er sagte, ich sei etwas Besonderes. Ich war also tatsächlich anders, als die meisten anderen Kinder. Ich fühlte anders, ich bewegte mich anders, ich liebte anders und ich dachte anders. Dieses anders sein und meine eigene Art das Leben zu leben und zu lieben, machten mich und mein Leben besonders. Jonathan hatte Recht. Auch meine Eltern begannen es nun zu verstehen, dass sich in den nächsten Monaten und Jahren vieles verändern wird. Ich würde sehr viel Aufmerksamkeit und Förderung benötigen. Ihnen wurde klar, dass ein normales Leben für mich wohl eher unmöglich sein dürfte. Auch mir öffnete es langsam die Augen. Das erklärte, warum mein Körper immer diesen Kampf gewonnen hatte. Viele Dinge würden mir noch deutlicher werden, wenn ich auf jede Kleinigkeit achtete. Endlich, die Zeit im Krankenhaus war zu Ende und ich wurde entlassen. Jetzt konnte ich mit Mama und Papa nach Hause fahren.

Kapitel 7

Akzeptanz ist schwer

Es begann nun die Zeit des Auseinandersetzens mit meiner Besonderheit. Jeden Tag machte sich meine Mama Gedanken darüber, was wohl die Ursache für meine Auffälligkeiten im Kopf sein könnte. Am Meisten machte sie sich Vorwürfe, es könnte durch die vielen Medikamente kommen, die sie während der Schwangerschaft nehmen musste. Sie hatte sehr große Selbstzweifel an sich und war unsicher, ob sie dieser Herausforderung überhaupt gewachsen war. Papa war mal wieder wahnsinnig viel Arbeiten. Er hatte gerade großen Stress auf der Arbeit. Ich konnte es jedes Mal spüren, wenn er zuhause war. Er war nicht er selbst. In Gedanken war er immer nur bei seiner Arbeit. Alles um ihn herum schien er auszublenden. Auch wie es Mama in dieser Zeit ging merkte er überhaupt nicht. Trotzdem machte er jede Woche mit mir die Krankengymnastik bei der Therapeutin und auch täglich bei uns. Er bemühte sich jedenfalls, es jeden Tag zweimal hinzubekommen mit mir zu üben. Auch wenn es durch die bestätigten Auffälligkeiten bei der MRT-Untersuchung offensichtlich war, dass meine Besonderheit einen körperlichen Ausgangspunkt hatte, war mein Papa noch immer der Ansicht, dass sich meine Probleme legen würden. Mama war da anderer Meinung. Sie konnte und wollte es aber einfach nicht wahrhaben, dass ihr kleines Mädchen ein besonderes Kind war. Ein Kind, das immer anders sein würde als gleichaltrige Kinder. Jonathan sagte einmal zu mir, es sei wichtig, sich mit jedem einzelnen Teil meiner Besonderheit auseinanderzusetzen. Doch was, wenn man dazu noch nicht bereit war? Hilfe bekamen wir vom Krankenhaus angeboten. Eine Sozialarbeiterin im Krankenhaus sollte meinen Eltern helfen, mit allem besser klar zu kommen und Tipps geben. Leider nahmen scheinbar viele aus meiner Verwandtschaft die Ergebnisse der Untersuchungen nicht ernst. Unterstützung gab es wenig. Der Termin mit der Sozialarbeiterin war direkt nach meiner Krankengymnastik und Papa ging mit mir anschließend hin. Mama war noch nicht bereit dazu, sich diesen Gesprächen zu stellen. Die Dame war sehr freundlich und hörte sich zunächst in aller Ruhe die Einzelheiten meiner Geschichte an, die Papa ihr erzählte. Sie erzählte uns von vielen Sachen, die meine Eltern unterstützen könnten. Und dann sagte sie dieses Wort, das ich damals von Mama schon einmal gehört hatte, nachdem sie mit mir beim Kinderarzt war. „Ihre Tochter hat eine Behinderung“, sagte sie. Dieses Wort war für mich schrecklich. Behindert, so dachte ich, hörte sich schrecklich gemein an. Am liebsten hätte ich dieses Wort nie wieder gehört. Sie fragte Papa, ob wir schon darüber nachgedacht hätten, einen Schwerbehindertenausweis zu beantragen. Ich verstand nicht, was das nun schon wieder sein sollte. Papa schien das schon gehört zu haben, verneinte aber ihre Frage. Bisher hatten Mama und Papa über so etwas überhaupt nicht nachgedacht. Ich war sehr traurig darüber, was ich von der Frau hörte. Ich fühlte mich plötzlich sehr schlecht. Es war als würde ich in einen dunklen Raum gehen. Ein Raum ohne Fenster und ohne Tageslicht. Um mich herum war nur Dunkelheit, die mir deutlich machte, dass ich so viele Dinge noch nicht verstand. Sie bereitete mir aber auch Angst. Angst vor dem, was nun kommen würde. Wie meine Eltern und meine Brüder mit damit umgehen würden, wenn sie mehr und mehr verstanden, was es bedeutete, dass ich ein besonderes Kind bin. Papa schien die ganze Zeit während des Gespräches sehr gefasst zu sein. Ich überlegte einen Moment, ob er überhaupt realisierte, was die Dame ihm da alles sagte oder ob er gedanklich schon wieder woanders war. Ich kam nicht an ihn heran und konnte nicht spüren, was in ihm vorging. Nach dem Gespräch fuhren wir nach Hause und Papa erzählte Mama noch davon, bevor er zur Arbeit fuhr. Mama war sichtlich geschockt davon. Niemals hatte sie auch nur darüber nachgedacht, dass ich einen Schwerbehindertenausweis bräuchte. Es war eine große Hürde für sie, sich damit auseinander zu setzen. Immer wieder dachte sie darüber nach. Auch die Empfehlung der Frau, wir sollten uns Hilfe von Außerhalb suchen, die uns unterstützen könnte, war nicht gerade leicht für Mama zu akzeptieren. Es kam mir so vor, als würde Mama vor einem riesengroßen Berg stehen und sich nicht trauen hinaufzusteigen. Die Angst vor den Dingen, die auf dem Weg nach Oben auf sie warten könnten, schien ihr das Loslaufen sichtbar schwer zu machen. In diesem Moment kam Jonathan zu mir. Er sah meine Mama an. Sie konnte ihn nicht sehen und auch nicht spüren. Das konnte nur ich. Jonathan beugte sich zu mir und flüsterte mir ins Ohr. „Liebes, ich denke du verstehst nun, was ich dir schon oft gesagt habe. Dieser Berg, vor dem deine Mama steht, ist die Akzeptanz und die Herausforderung für deine Besonderheit. Nicht für dich – nur für deine Besonderheit, die du in dir trägst. Er bedeutet für deine Eltern eine große Anstrengung, die sie nur gemeinsam und langsam überwinden werden. Du aber, meine kleine Katharina, wirst ihnen jeden Tag dabei helfen, immer ein Stück weiter in Richtung Gipfel zu gelangen. Dort werden Sie die Schönheit der Aussicht erkennen, die sich ihnen bietet. Der Anblick der vielen wunderschönen Dinge, die man von ganz oben erkennen kann, wird sie erfreuen. Denn das bist du, was sie dort oben sehen. Sie werden die vielen wunderbaren Dinge an dir erkennen, die dich wahrhaftig zu etwas Besonderem machen.“ Jonathan sagte das in einer liebevollen und einzigartigen Art und Weise, die ich niemals vergessen würde. Ich konnte spüren, wie sich mein ganzer Körper entspannte und die Angst einem Gefühl von Freude wich. Es war einfach unglaublich, was ich in diesem Moment spürte. Ich wusste nun, dass meine Eltern irgendwann damit klar kommen würden, dass ich nicht so sein konnte, wie gesunde Kinder. Es könnten Tage, Wochen, Monate oder sogar Jahre sein. Doch dies war mir egal. Ich wusste, dass ich in der richtigen Familie war. Noch während ich mich über seine Worte freute, war Jonathan bereits fort.

Papa nahm jetzt den ganzen Papierkram in die Hand und stellte einen Antrag für einen Schwerbehindertenausweis. Etwas schwierig war es schon, denn wir hatten ja bisher noch keine genaue Diagnose, woher meine Beeinträchtigungen kamen. Durch die vorliegenden Unterlagen stellte das Versorgungsamt einen Schwerbehindertenausweis mit einem Grad der Behinderung von 80 aus. Das war schon eine ganze Menge. Mama tat sich immer noch sehr schwer damit. Bei Papa hatte ich nicht das Gefühl. Er ging ganz normal mit mir um. Es schien ihm fast egal zu sein, dass ich anders war. Mama zog sich irgendwie immer mehr von mir zurück. Wollte sie mich etwa nicht mehr? Ich glaubte nicht, dass es so war. Vielmehr war ich mir sicher, dass es nur ihre Enttäuschung war, dass sie nicht das Mädchen bekommen hat, von dem sie immer geträumt hatte. Alle Vorstellungen, eines Tages mit mir ein Brautkleid kaufen zu gehen oder meinen ersten Freund kennenzulernen, schienen für sie auf einmal unerreichbar. Das machte sie bestimmt sehr traurig. Papa sagte oft zu ihr „Schatz, sie ist unsere Tochter, auf die wir so lange gewartet haben. Und egal was sie auch hat, wir werden sie lieben und für sie da sein. Keine Krankheit kann uns davon abhalten." Diese Worte gaben mir immer so viel Halt. Ich war Mama auch überhaupt nicht böse. Jonathan hatte mich ja schon länger auf diese Situation vorbereitet. Meine Brüder waren auch so lieb zu mir. Auch bei ihnen spürte ich, dass sie mich so liebten wie ich bin. Und ich wusste, Mama würde das auch noch schaffen. Ich gab ihr gerne alle Zeit der Welt, die sie dafür brauchte.

Fleißig machten wir jeden Tag meine Krankengymnastik. Wir haben sogar von einer ganz netten Familie einen selbstgebauten Vojta-Tisch geschenkt bekommen. Papa musste jetzt nicht mehr auf den Knien am Sofa mit mir üben. Der Tisch war wirklich bequem. Nur die Übungen waren es nicht mehr so besonders. Jedes Mal, wenn wir bei der Therapeutin waren, bekam Papa neue Übungen gezeigt, die er mit mir machen sollte. Natürlich wurden sie auch immer anspruchsvoller. Sowohl für Papa als auch für mich. Aber ohne Fleiß kein Preis. Und anstrengend war es allemal. Die Therapeutin sagte immer, wenn die Kinder dabei schreien wäre das ein gutes Zeichen. Es zeigte, dass das Gehirn arbeitet und verarbeitet. Ich schrie oft wie verrückt, also musste es ja helfen, was wir immer geturnt hatten. Komischerweise begann ich aber zunehmend, eher zu lachen als zu schreien, wenn Papa mit mir turnte. Das war wirklich seltsam. Es war tatsächlich so, dass ich keine neuen Impulse bekam, die mein Gehirn weiter stimulierten. So konnte es auf jeden Fall nicht weitergehen. Die Therapeutin kannte so etwas schon von anderen Kindern und schlug daraufhin vor, dass wir die Krankengymnastik von Vojta auf Bobath umstellen sollten, was wir auch taten. Bobath kombiniert spielerisches in der Therapie. Das war doch genau das Richtige für mich. Endlich durfte ich auch mal spielen, was ja sonst nur meine großen Brüder machten. Das Greifen von Spielsachen machte mir noch immer große Probleme. So konnte ich doch gar nicht spielen. Was also wollte die Therapeutin mit mir machen? Ich beschloss, mich zunächst überraschen zu lassen. Viel mehr Möglichkeiten hatte ich ja auch nicht wirklich. Mama und Papa hatten das ja schon entschieden. Hauptsache diese komischen Übungen hörten jetzt mal auf. Die erste Stunde Bobath war wirklich gut. Die neue Therapeutin wollte natürlich auch erst einmal wissen, was ich schon so alles konnte. Zugegeben, das war nicht viel und sie erkannte schnell, dass sie eigentlich ganz von vorne anfangen musste. Stützen, Drehen, Sitzen und vieles mehr. All das funktionierte überhaupt nicht. Da war es also wieder, mein bekanntes Problem. Ich wollte aber konnte nicht. Ich musste unbedingt lernen meinem Körper zu sagen was ich will. So schwer konnte das doch nicht sein. Aber leider war es genau das. Es war fast unmöglich für mich, meinen Körper zu kontrollieren. Es waren sich so ziemlich alle einig, dass ein langes Training vor uns liegen würde. Bei vielen Einschränkungen gibt es glücklicherweise spezielle Hilfsmittel, die auch mich unterstützen könnten. Die Therapeutin machte uns daraufhin mit den ersten Hilfsmitteln vertraut, die von einem Sanitätshaus vorgestellt wurden. Da waren ja komische Dinge dabei. Der Mann vom Sanitätshaus zeigte uns ein spezielles Lagerungssystem, das aus vielen Schaumstoffteilen bestand. Es war sehr variabel und konnte hervorragend in die Therapie eingebunden werden. Ich bekam erstmals die Möglichkeit, wenn auch nur mit Unterstützung durch das Lagerungssystem, zu sitzen. Ich durfte die Welt nun auch aus einer anderen Perspektive sehen. Es war für meinen schwachen Rumpf nicht immer optimal darin zu sitzen, aber durch die Umbaumöglichkeiten gab es viele Alternativen, was ich damit machen konnte. Die Entscheidung war schnell klar, dass dieses Lagerungssystem beantragt werden sollte bei der Krankenkasse. Wichtig war weiterhin, dass Mama und Papa mich gut baden konnten. Das Baden war bisher immer eine Katastrophe, weil ich nicht alleine sitzen konnte und mein Körper leider immer Dinge machte, die er nicht sollte. Er war einfach auch zu schwach, um sich selbst halten zu können. Mama und Papa mussten mich immer gemeinsam Baden. Abhilfe sollte nun eine Badeliege bringen, auf der ich bequem liegen konnte und meine Eltern beide Hände frei hatten, um mich zu baden. Auch das sollte bei der Krankenkasse beantragt werden. Als letztes probierten wir noch einen Therapiestuhl aus, der meinen bisherigen Hochstuhl ersetzen sollte. Der normale Hochstuhl war ungeeignet, weil ich darin nicht richtig gehalten wurde. Ich fiel regelmäßig zur Seite und tat mir manchmal am Kopf weh. Der neue Therapiestuhl sollte hier Besserung bringen, so dass ich auch vernünftig gefüttert werden konnte und die Beschäftigung mit mir einfacher würde. Alle Dinge wurden jetzt kurzfristig verordnet und bei der Krankenkasse beantragt. Es dauerte eine ganze Weile, bis von der Krankenkasse eine gute Nachricht dazu kam. Alle beantragten Hilfsmittel wurden genehmigt. Jetzt sollte vieles einfacher werden. Doch noch stand ein wichtiger Termin beim Kinderarzt an, in dem das Ergebnis der MRT-Untersuchung besprochen werden sollten.

Der Kinderarzt schaute sich die MRT-Bilder und den Bericht des Radiologen genau an. Er konnte aber daraus auch keinerlei Schlüsse ziehen. Es musste einfach weiter nach der Ursache gesucht werden. Also entschied er, uns für weitere Untersuchungen in die Humangenetik der Universitätsklinik Heidelberg zu überweisen. Bislang waren alle vergangenen Untersuchungen zur Ursache ohne Ergebnis geblieben. Nur das MRT und die klaren Auffälligkeiten waren einigermaßen aussagekräftig, dass tatsächlich eine deutliche Einschränkung vorlag. Von nun an mussten aber Spezialisten weiter nach der Ursache suchen. Mittlerweile ahnten meine Eltern schon, dass etwas Grundlegendes nicht in Ordnung war. Ein Gendefekt war möglicherweise eine Erklärung hierfür. So lange hatten meine Eltern gehofft, dass es doch nur eine vorübergehende Verzögerung in meiner Entwicklung war, doch dies stellte sich mehr und mehr als Seifenblase heraus, die dabei war zu platzen. Jetzt ging es darum, schnellstmöglich in die Humangenetik zu kommen. Einen Termin zu vereinbaren war schwerer als Gedacht. Die Wartezeiten waren sehr lange. Wie durch ein Wunder ist doch gerade ein relativ früher Termin frei geworden, den wir direkt bekamen. Das war wirklich großes Glück und schon in ein paar wenigen Wochen sollten wir dort hinkommen. Doch meine Eltern hatten davor noch etwas auf dem Herzen. Sie wollten unbedingt mit meinen Brüdern über mich sprechen. Sie sollten von Beginn an einbezogen werden. Sie waren sich nicht sicher, wann der richtige Augenblick dafür war und wie sie das Gespräch mit ihnen anfangen sollten. Ich glaube, Mama hatte oft kurz davor gekniffen und sich nicht getraut. Auch Papa war sehr unsicher, es meinen Brüdern zu sagen. Sie machten sich beide große Gedanken, was sie am Besten sagen sollten, um zu erklären, was mir fehlte. Doch was sagt man eigentlich, wenn man es selbst noch gar nicht genau weiß? Sie wollten es aber kurzfristig machen und es nicht zu lange hinaus zögern. Eines Abends dann, ich lag schon im Bett und schlief, riefen meine Eltern meine drei Brüder zusammen in die Küche und sie setzten sich alle gemeinsam an den Tisch. Es war eine seltsame Stille im Haus. Normalerweise ist immer etwas los und ich höre meine Brüder schreien, wenn sie durch das Haus rennen. Doch gerade war alles komisch still. Es war so still, dass ich vom Bett aus mitbekam, was in der Küche gesprochen wurde. Niemand merkte, dass ich schon wieder aufgewacht war. Mama fing an zu erzählen: „Ihr Lieben, wir müssen mit euch sprechen. Ihr habt ja schon bemerkt, dass Katharina ein paar Probleme hat. Gerade wenn ihr mit ihr spielen wollt, zeigt sie nicht wirklich Interesse an den Spielsachen und schaut ganz oft einfach nur in der Gegend herum.“ Julian und Manuel hörten genau zu, was sie sagte. Alexander war anfangs nicht besonders aufmerksam. Er war ja auch erst vier Jahre alt. Was dann folgte, war für alle eine große Überraschung. Mein kleinster Bruder Alexander unterbrach Mama und sagte zu ihr: „Mama, wir wissen schon, dass mit Katharina´s Gehirn etwas nicht stimmt und dass sie deshalb so ist. Aber das ist doch nicht schlimm. Wir passen schon auf sie auf.“ Mama und Papa schauten sich ganz verwundert an und konnte gar nicht glauben, was sie da gerade gehört hatten. Er hatte alles genau mitbekommen in den letzten Wochen. Unsere Eltern versuchten doch immer, wenn sie über meine Probleme gesprochen hatten, dies nicht vor meinen Brüdern zu tun. Scheinbar hatte Alexander es doch irgendwie aufgenommen. Möglicherweise bei einem Telefonat von Mama oder Papa. Ich war erleichtert, dass es scheinbar für meine Brüder kein Problem war. Ich brauchte meine Brüder sehr. Sie waren für mich ein großer Halt und konnte gar nicht oft genug in ihrer Nähe sein. Endlich konnte ich entspannt einschlafen. Ich wusste ja nun, dass ich geliebt wurde und alle dabei helfen würden, dass ich glücklich sein würde.

Mama und Papa hatten es gerade auch nicht besonders leicht. Papa war sehr viel unterwegs und Mama mit uns Kindern alleine. Die Sorge um mich machte sie fast wahnsinnig. Ständig kreisten ihre Gedanken nur um mich. Natürlich merkten das auch meine Brüder, doch sie sagten nichts dazu. Sie wussten offensichtlich, wie schlimm es derzeit für Mama war, sich auf die ganzen neuen Dinge einzustellen. Das gesamte Umfeld trug weiter dazu bei. Papa machte es ihr auch nicht leichter, so wie er im Moment gelaunt war. Offensichtlich machte ihm der ganze Stress zu schaffen. Auch meine beiden jüngsten Brüder packten jede Gelegenheit beim Schopf und zankten sich. Die Fetzen flogen nur so, wenn sie sich richtig stritten. Julian war die meiste Zeit mit seiner Schule und seinen Kumpels beschäftigt. Er war ja auch schon alt genug, um sein eigenes Ding zu machen. Mama und ich saßen genau mittendrin. Von jeder Seite bekam Mama alles ab. Kein Wunder also, dass sie dies nicht lange durchhielt. So gut sie es auch versuchte, irgendwann ist selbst die höchste Mauer, die man um sich herum errichtete, nicht mehr hoch genug. Bei Papa war auch gerade richtig viel zu tun auf der Arbeit. Durch die vielen Kundenkontakte war er oft lange mit dem Auto unterwegs oder musste sogar übernachten. Genau jetzt, wo alles immer mehr wurde, war er mal wieder auf einer Messe. Schon als er früh morgens losgefahren war, spürte ich, dass es Mama nicht gut ging. Sie versuchte es zu unterdrücken so gut es ging, aber wir spürten es wohl alle. Nur Papa schien es mal wieder nicht zu interessieren. Sie stritten sich noch sehr lange und heftig, bevor Papa los fuhr. Ich hätte Mama so gerne geholfen, aber ich konnte nichts machen. Ich war so froh, dass meine Brüder für sie da waren und sie immer wieder in den Arm nahmen. Die Ignoranz von Papa musste für Mama sehr schlimm gewesen sein. So wie an diesem Morgen hatte ich Mama noch nie erlebt. Es schien fast so, als wollten die Sorgen und Probleme der letzten Monate und sogar Jahre alle auf einmal ihren Weg nach draußen finden. Sie war schon den ganzen Tag sehr erschöpft und unglaublich müde. Plötzlich konnte das aber schnell in Wut umschlagen und sie war dann sauer, dass Papa es wieder einmal nicht sah, wie es ihr wirklich ging. Sie war verzweifelt und hatte kaum noch Kraft, sich um uns Kinder zu kümmern. Immer wieder brach sie in Tränen aus. Manchmal konnte sie es einfach nicht unterdrücken und begann vor mir zu weinen. Wir waren wohl alle froh, als dieser Tag endlich vorbei war und wir schlafen konnten. Nur Mama konnte es nicht. Sie war die ganze Nacht wach und weinte. Ich habe es nicht die ganze Zeit mitbekommen, jedoch weinte sie jedes Mal, wenn ich gerade aufwachte. Am nächsten Tag ging es Mama noch immer so schlecht, dass Papa nach Hause kommen musste. Es machte mir ziemliche Angst, Mama so verzweifelt vor mir zu sehen. Nach vielen Stunden Autofahrt kam Papa endlich Zuhause an. Eine Freundin von Mama kam ebenfalls zu uns, weil sie ihr etwas helfen wollte. Was genau zwischen Mama und Papa an diesem Tag noch weiter vorgefallen war, bekam ich nicht mit. Mama´s Freund kümmerte sich eine ganze Zeit lang um uns. Ich denke, dass viele Menschen glauben, wir Kinder mit unseren Besonderheiten bekommen vieles nicht mit. Wir haben ein sehr starkes Empfindungsvermögen und spüren Dinge viel intensiver. Zwischen Mama und Papa herrschte die Tage darauf erst einmal eine gewisse Eiszeit. Papa hat auf der Arbeit auch ziemlichen Ärger bekommen, weil er früher abreisen musste. Von da an hat er sich noch mehr in seine Arbeit verkrochen, um dies wieder mit seinen Leistungen auszugleichen. Ich sah ihn noch weniger Zuhause als vorher. Ich begann mir ernsthafte Sorgen zu machen und hoffte, dass meine Eltern sich wieder vertragen würden. So sehr wünschte ich mir doch immer eine glückliche Familie. Nach ein paar Tagen und vielen Gesprächen untereinander, hatten sich meine Eltern wieder vertragen. Es war wunderbar zu beobachten, wie sie sich wieder ansahen, sich küssten und viel miteinander sprachen. Ich dankte Gott jeden Abend für meine Familie und bat ihn, dass meine Eltern zusammen bleiben. Meine Brüder hatten das auch getan. Ich konnte es abends immer hören, wenn wir alle im Bett lagen. Mama hatte indes schon wieder andere Sorgen, die sich natürlich um mich drehten. Es stand noch die wahrscheinlich wichtigste Untersuchung bevor.

Einige Tage später war dann der Termin in der Humangenetik, auf den wir so sehr gewartet hatten. Mama konnte leider nicht mitfahren. Sie hatte ja noch immer diese Panikattacken beim Fahren von längeren Strecken und meine Brüder mussten auch noch versorgt werden, wenn sie aus dem Kindergarten kommen. Papa ist dann mit mir alleine gefahren. Die Fahrt war überhaupt nicht lang. Das kann aber auch daran liegen, dass ich ziemlich gut geschlafen hatte im Auto. Es war ein total verregneter Tag und als wir auf dem Parkplatz ankamen, schüttete es wie aus Eimern. Papa schob mich dann ganz schnell mit dem Kinderwagen zum Eingang, dass wir nicht so sehr nass wurden. Im Krankenhaus mussten wir glücklicherweise nicht lange warten, bis wir aufgerufen wurden. Bei der anschließenden Untersuchung waren zwei Ärztinnen anwesend, die mich gründlich auf den Kopf stellten und vor allem ganz viele Fragen an Papa hatten. Die Vorgeschichte der Familie in Bezug auf vorhandene Erkrankung spielte eine wichtige Rolle bei der Suche nach der Ursache meiner Besonderheit. Die Ärztinnen schauten mich ganz genau an. Es wurden auch Fotos gemacht von meinem Gesicht, da dies offensichtlich bei der Humangenetik eine entscheidende Rolle zu spielen scheint. Ich wurde gemessen und gewogen. Das Spielchen kannte ich nun ja wirklich schon zur Genüge. Doch es musste sein – wie immer. Diesmal wurden sogar mein Augenabstand und die Größe meiner Ohren gemessen. Für was das gut sein sollte? Aber nun ja, jetzt wo ich schon mal hier war, ließ ich das alles ganz brav mit mir machen. Wenn ich doch nur hätte reden können oder mich sonst irgendwie mitteilen können, wäre alles vielleicht etwas kürzer ausgefallen. Doch es musste ja schließlich alles sein. Das schlimmste für mich war der Moment, in dem die Ärztin zu meinem Papa sagte, dass sie mir für die genetische Untersuchung Blut abnehmen müsste. Blut abnehmen!!! Nicht schon wieder! Wann hört das denn endlich mal auf. Das gribbelte jedes Mal so doof und ich mochte es überhaupt nicht, wenn man mir eine Nadel in die Haut stach. Es kam natürlich, was kommen musste. Weder am

Fuß noch am Arm oder sonst wo an den typischen Stellen war eine Vene zu finden. „Dann müssen wir es wohl doch am Kopf nehmen“, hörte ich die Ärztin sagen. Ich erschrak bei diesen Worten. Das war doch jetzt aber nur ein Witz! Doch leider stellte ich schnell fest, dass es tatsächlich nur am Kopf ging. Mit vereinten Kräften bemühten sich die beiden Ärztinnen, mir genug Blut für die genetische Blutuntersuchung abzunehmen. Das gestaltete sich etwas schwierig. Kein Wunder. Ich wollte das ja auch überhaupt nicht. Die Beiden hatten das bestimmt gespürt. Nach ungefähr fünf Minuten war dann so viel Blut im Röhrchen, dass es genug für die Untersuchung war. Papa war auch ziemlich geschafft nach dieser Prozedur. Ich hatte auch wirklich ganz schön laut geschrien. Doch jetzt war ich auch müde geworden. An diesem Tag war das auch die letzte Untersuchung. Ich war total erleichtert, dass ich es hinter mir hatte. Ich hoffte, dass nicht die nächsten Monate oder sogar Jahre genauso weitergehen würden. Ich fragte mich, ob es tatsächlich eine so gute Idee war von meinem ruhigen Platz bei den Sternen auf die Erde zu kommen, um dies alles durchzustehen. Nun war es aber ohnehin nicht mehr anders möglich und ich wollte auch unbedingt hier bleiben. Vielleicht würde es ja bald vorbei sein mit den ganzen Untersuchungen. Irgendwann musste doch mal die Ursache für meine Besonderheit gefunden werden. Ich verstand überhaupt nicht, wonach die ganzen Ärzte die ganze Zeit über suchten. Man hätte es doch viel einfacher haben können und einfach meinen Freund Jonathan danach fragen können. Erst jetzt fiel mir wieder ein, dass ja nur ich Jonathan sehen und hören konnte. Mir wurde klar, dass ich keine andere Wahl hatte und immer weiter mitmachen musste. Ich war doch auch schon so gespannt endlich zu erfahren, was hinter dem Ganzen steckte. Einige Tage nach dem Termin in der Humangenetik meldete sich die Ärztin telefonisch bei meinen Eltern und deutete an, dass sie einen Verdacht hätte, den sie nun gerne weiter verfolgen wollte. Das MRT zeigte deutliche Ausprägungen für eine bestimmte genetische Veränderung. Sie sagte, es würde sich dabei um eine Mutation im CASK-Gen handeln. Die Gewissheit hätten wir jedoch erst nach der Blutuntersuchung. Ab jetzt hieß es warten. Dass dies nicht einfach war, merkten meine Eltern auch sehr schnell. Sie wollten natürlich wissen, was hinter diesem Gendefekt steckte. Im Internet gab es nur sehr wenige Informationen dazu. Das jedoch, was sie dort fanden, verhieß nichts Gutes. Von körperlicher und geistiger Behinderung war dort die Rede. Auch Epilepsie wäre wahrscheinlich. Mama war total am Boden zerstört. Je mehr sie davon las, desto trauriger und ängstlicher wurde sie. Auch Papa machte sich plötzlich Sorgen. Auch wenn er versuchte Mama davon zu überzeugen, dass man es erst einmal abwarten müsste, sah ich ihm an, dass auch er sehr unsicher war. Mama begann nun wieder sich große Vorwürfe zu machen. Es kamen wieder die Erinnerungen an die Schwangerschaft und die ganzen Medikamente in ihr Gedächtnis zurück und das quälte sie unheimlich. Sie war sehr nachdenklich geworden in diesen Tagen.

Kapitel 8

Die Gewissheit

Es vergingen sechs lange Wochen seit meiner Untersuchung in der Humangenetik. In diesen Wochen erschraken meine Eltern bei jedem Klingeln des Telefons. Jedes Mal dachten sie, es wäre ein Anruf von der Humangenetik. Doch dieser ließ weiter auf sich warten. Langweilig waren die Wochen trotzdem nicht. Wir waren fast einen ganzen Vormittag beim Sanitätshaus. Ich brauchte noch einen Rehabuggy und einen speziellen Autositz. Durch meine Muskelschwäche im Rumpf war es wichtig, dass ich vernünftig sitzen konnte. Ich musste immer gerade sitzen, was in einem normalen Kinderwagen oder Autositz kaum möglich war. Meine rechte Körperseite war schwach und ich knickte immer wieder ab. Meinen Kopf konnte ich kaum alleine halten. Immer wieder fiel er nach hinten oder zur Seite. Mit den neuen Hilfsmitteln sollte das zukünftig besser werden. Die Verordnungen bekamen wir dieses Mal vom Kinderarzt. Papa hatte sich extra einen Tag frei genommen und wollte unbedingt dabei sein. Wir bekamen auch das Lagerungssystem, das zwischenzeitlich geliefert wurde. Endlich konnte ich Zuhause auch mal vernünftig sitzen und mehr mitbekommen von dem, was um mich herum passierte. Natürlich merkte es niemand, was ich alles um mich herum aufnahm. Das war mein kleines Geheimnis. Nur Jonathan und ich wussten es.

Kurz vor Ende der Sommerferien war er dann da, mein erster Geburtstag. Dieser große Tag wurde natürlich kräftig gefeiert. Ich wurde immerhin ein Jahr alt. Für meine Eltern war dies ein besonders schöner Tag. Sie hatten sich schon lange darauf gefreut und überlegt, was sie alles für mich machen wollten. Ich bekam einen sehr schönen kleinen Kuchen in Herzform, den Mama extra für mich gebacken hatte. Darauf war eine Kerze in Form einer großen 1. Mama zündete die Kerze an. Sie stellte den Kuchen vor mich auf den Tisch. Papa filmte alles mit seiner Videokamera. Er wollte unbedingt diesen Moment festhalten. Zwischendurch wechselte er immer mal wieder Videokamera und Fotoapparat. Mama wollte ganz viele schöne Bilder von meinem Geburtstag haben. Ein Geburtstagslied durfte natürlich auch nicht fehlen und deshalb sangen meine Brüder und meine Eltern für mich. Ich sah Mama schon an, dass sie stark zweifelte, ob ich das alles verstand. Natürlich habe ich auch Geschenke bekommen, doch leider war es nicht viel anders als beim letzten Weihnachtsfest. Ich konnte nicht wirklich etwas mit den Geschenken anfangen. Außerdem war der Kuchen für mich viel interessanter. Auch wenn ich sonst meine Hände und Arme kaum bewegte, wollte ich unbedingt diesen Kuchen anfassen. Für Mama war es wohl am schlimmsten, dass ich noch nicht im Haus umher laufen konnte oder zumindest krabbeln konnte. In diesen Momenten kamen immer wieder diese Wünsche und Träume in ihr auf, die sie hatte, als noch alles normal schien. Sie überspielte an diesem Tag ihre Sorgen. Ich sollte ein schönes Geburtstagsfest erleben und deshalb haben wir trotzdem ein bisschen gefeiert. Der erste Geburtstag ist ja schließlich für jedes Kind etwas Besonderes – genau wie ich! Mama hatte an diesem Tag sehr oft gebetet, dass sich die Vermutung der Ärztin nicht bestätigt. Nach wie vor hatten Mama und Papa die Hoffnung, dass es vielleicht doch nur eine normale Verzögerung in meiner Entwicklung sein könnte. Die ganzen bisherigen Ergebnisse sprachen allerdings schon jetzt eine andere Sprache.

Für meinen Bruder Manuel war es auch ein besonderer Sommer. Seine Kindergartenzeit war zu Ende und er kam in die Schule. Lange hat er sich auf diesen Tag gefreut. Für ihn begann ein neuer Lebensabschnitt. Erst waren wir alle gemeinsam in der Kirche beim Gottesdienst. Ich fühlte mich in der Kirche immer sehr wohl. Dort konnte ich Gott und auch Jonathan sehr nah sein. Ich konnte ihn so intensiv in meiner Nähe spüren, wie sonst nirgendwo. Es wurden viele Lieder gesungen und natürlich auch gebetet. Es war wahnsinnig voll. Überall sah ich Kinder mit ihren Schultüten und Ranzen. Sie waren fröhlich und sprangen in der Kirche umher. Dazwischen waren einige kleinere Kinder, die so ungefähr in meinem Alter waren. Wahrscheinlich waren es auch die Geschwister der Schulanfänger. Einige von ihnen konnten schon laufen und die, die es noch nicht konnten, krabbelten auf dem Boden. Neben einem der Schulkinder saß ein kleines Mädchen, das oft zu mir herschaute. Ich hätte ihr so gerne gewunken, bekam aber einfach meinen Arm nicht dazu, dies zu tun. Traurig sah ich den Kindern beim Toben zu. Ich hatte in diesem Augenblick nur einen einzigen Wunsch. Ich wollte irgendwann einmal genauso laufen und springen können. Ich verstand in diesem Moment wieder einmal nicht, warum Gott mich auserwählt hatte, diese Besonderheit in mir zu tragen. Es war schwer zu ertragen, diese glücklichen Kinder zu beobachten. Auch ich musste noch viel lernen, um besser damit umgehen zu können. Nach dem Gottesdienst fand noch eine kleine Feier mit Aufführungen von anderen Schulklassen statt. Papa und ich blieben draußen. Gerade war ich auf dem kurzen Weg von der Kirche zur Feier in meinem Wagen eingeschlafen. Manuel war total aufgeregt. Stolz trug er seinen Ranzen auf dem Rücken und die Schultüte in der Hand. Auch auf dem Weg zur Schule, der ziemlich stark bergauf ging, wollte er weder seinen Ranzen och die Schultüte abgeben. Er sah so toll aus. Mein Geburtstag und die Einschulung konnten meine Eltern für ein paar Tage ablenken, ständig an den ausstehenden Anruf aus der Humangenetik zu warten. Schneller als sie es wahrscheinlich wollten, wurden sie aber wieder davon eingeholt.

Noch vor ein paar Stunden sprachen sie im Auto davon und dann war es tatsächlich soweit. Es war ein Freitag Anfang September und Papa arbeitete an diesem Tag von Zuhause. Um die Mittagszeit klingelte das Telefon. Niemand rechnete in diesem Moment mit dem Anruf, der auf einmal alles veränderte. Ein kleiner Moment konnte unser Familienleben auf den Kopf stellen. Papa war gerade auf dem Weg in die Küche, um das Mittagessen vorzubereiten. Er ging zum Telefon und sah die Telefonnummer auf der Anzeige des Telefons. Sein Blick wurde plötzlich wie starr und er sagte nur zu Mama „Das ist die Humangenetik“. Mama hatte mich gerade auf dem Arm. Ich hatte kurz zuvor meine Milch getrunken und war jetzt erstmal richtig satt. Ich schaute Mama an und sah, wie ihr der Atem stockte und sie ganz blass wurde. Ich konnte es sogar spüren, wie sich ihr Herz zusammen zog. Papa ging ans Telefon und nahm das Gespräch an. Nach nur einer Minute hörte ich ihn sagen „Es hat sich also bestätigt“. Das traf wie ein Schlag ins Gesicht. Ein Schauer durchlief meinen ganzen Körper. Mein Herz klopfte wild und ich wurde unruhig. Doch nun war es allen klar, dass Gott mir etwas mit auf die Reise gegeben hatte, das nur wenige Menschen in sich trugen. Ein seltener Gendefekt im CASK-Gen, von dem weltweit nur etwa 50 Fälle bekannt waren. In Deutschland gab es nur 12 bekannte Fälle. Ich bemerkte, wie Mama mich plötzlich ganz fest an sich drückte, während Papa noch immer mit der Ärztin telefonierte und einen Termin für ein persönliches Gespräch verabredete. Mama fing an zu weinen. Sie weinte und hielt mich ganz fest. Es schien fast so, als wollte sie mich gar nicht mehr loslassen. Wieder und wieder fragte sie „Warum?“, bekam jedoch keine Antwort darauf. Ich war ganz still in Mamas Arm. Diese Diagnose verletzte sie zutiefst. Bis zuletzt hatte sie noch immer gehofft, dass es sich nicht bewahrheiten würde. Die letzten Monate flogen in meinem Kopf hin und her. Alle Erlebnisse sah ich noch einmal vor meinen Augen. Die vielen schönen Momente mit meinen Eltern, meinen Brüdern und mit Jonathan. Alle Untersuchungen, die notwendig waren, um nun endlich zu wissen, was ich hatte. Papa war inzwischen fertig und kam zu uns. Er wollte mich zu sich nehmen, aber Mama hielt mich immer noch fest an sich gedrückt. So innig hatte sie mich noch nie gedrückt. Verzweiflung kam in ihr auf. Papa schien dagegen sehr gefasst zu sein. Vielleicht wollte er Mama einfach das Gefühl geben, dass wir es schaffen und nicht aufgeben dürften. Er ging zur Haustür und öffnete sie, um ein bisschen frische Luft herein zu lassen. Ich spürte einen Luftzug auf meiner Haut. Ich kannte diesen sanften Wind, wenn er um meinen Kopf wehte. Es war fast so, als würde man mit zarten Händen gestreichelt werden. Ich wusste sofort, dass Jonathan bei mir war. Er sprach noch kein Wort und ich konnte ihn auch noch nicht sehen. Ihn zu spüren gab mir zusätzlichen Halt und ich wusste, dass er heute noch mit mir sprechen würde. Meine Eltern brauchten jetzt erst einmal ein paar Minuten Zeit für sich, um diese Nachricht in sich aufzunehmen. Es mussten ja auch noch ein paar Telefonate geführt werden, um unseren Familien und Freunden das Ergebnis mitzuteilen. Mama legte mich in meinen Laufstall, den sie so schön für mich hergerichtet hatte. Kleine Stofftiere lagen darin, die mich mit ihren großen Knopfaugen anschauten. Ich fühlte mich sehr wohl zwischen den ganzen Tieren. Mama und Papa gingen in die Küche, um sich über das Ergebnis der Untersuchung zu unterhalten. Jetzt sah ich Jonathan endlich neben mir im Laufstall sitzen. „Jonathan, wie schön, dass du hier bist. Meine Eltern haben gerade erfahren, warum ich diese Probleme habe. Mama hat sehr viel geweint.“ Jonathan legte seine Hand auf meine Stirn und sagte „Ich weiß. Nun werden sie verstehen, was dich zu einem besonderen Kind macht. Erinnere dich an den Berg und die Aussicht von ganz oben. Sie haben den Berg zur Hälfte bestiegen. Bis zum Gipfel ist es nicht mehr weit. Sie werden nicht den direkten Weg nehmen können, sondern eine lange beschwerliche Strecke, die sie in den nächsten Tagen, Wochen und Monaten finden werden. Sei nicht enttäuscht, wenn sie manchmal zwei Schritte rückwärts gehen oder sich für einige Zeit ausruhen müssen. Nur so werden sie den Aufstieg schaffen, um die schöne Aussicht genießen zu können.“ Ich schaute Jonathan an und wusste, dass er Recht behalten würde. „Für mich ist es Zeit, mich nun zu verabschieden. Deine Mama und dein Papa aber auch deine Geschwister werden mehr und mehr für dich da sein. Du wirst alle Antworten auf deine Fragen von ihnen erhalten. Sie werden dir die schönen Dinge des Lebens zeigen und dir auf deinem Weg zur Seite stehen.“ „Aber Jonathan“ antwortete ich ihm. „Was soll ich aber machen, wenn sie wieder einmal so traurig sind?“ Jonathan lächelte mich an und sagte „Lache und sei fröhlich und du wirst sehen, dass ihre Traurigkeit schnell vorüber sein wird.“ Er küsste zum Abschied meinen Kopf und winkte mir noch einmal zu, bevor er mit seinen glänzenden Flügeln in der Sonne verschwand. Es tat mir unglaublich gut, dass ich genau jetzt mit Jonathan sprechen konnte. Durch seine Worte fand ich wieder mehr und mehr zu mir. Mein Körper beruhigte sich wieder und ich konnte etwas zu Ruhe kommen. In diesem Moment kam Papa zu mir und holte mich aus dem Laufstall. Mama telefonierte gerade mit einer Freundin und erzählte ihr von der Diagnose. Vorher hatte sie schon meine Omas und ihre Tante angerufen und es ihnen erzählt. Sie nahm all ihre Kräfte zusammen und versuchte stark zu bleiben. Das Sprechen fiel ihr sehr schwer und immer wieder fing sie zu weinen an. Papa trug mich auf dem Arm und gab mir einen Kuss auf die Wange. Ich fragte mich, warum er so gefasst war. Er ging mit mir die Treppe hinauf in mein Zimmer und legte mich zum Schlafen in mein Bettchen. Die ganze Aufregung steckte mir in den Knochen. Ich war unglaublich müde und schlief schnell ein.

Kapitel 9

Der steinige Weg zum Gipfel

In den Wochen nach meinem Geburtstag hatten meine Mama, mein Bruder Manuel und Alexander Geburtstag. Dieses Jahr war aber niemandem wirklich nach Feiern zumute. Die Diagnose saß noch sehr tief. Für meine Brüder hatten unsere Eltern eine kleine Geburtstagsfeier mit ein paar Freunden organisiert. Mama wollte ihren Geburtstag nicht feiern. Alles war sowieso sehr angespannt. Seitdem wir die Diagnose erfahren hatten, war Papa fast nur noch am Arbeiten. Er hängte sich so sehr in seine Arbeit, dass wir alle dachten, wir würden für ihn gar nicht mehr existieren. Mama, meine Brüder und ich sahen Papa manchmal nur abends kurz vor dem Schlafen gehen und dann meistens auch nur mit dem Telefon am Ohr. Oft fragte ich mich, ob das so eine Art Flucht war, um sich nicht mit meiner Krankheit auseinander setzen zu müssen. Er bekam nicht mal mehr meine Krankengymnastik mit, auf die er immer so viel Wert gelegt hatte. Mittlerweile kam die Physiotherapeutin zu uns nach Hause und es wäre für ihn sicher möglich gewesen, ab und zu dabei zu sein. Mama litt wahnsinnig darunter, dass er sie mit all ihrem Kummer derart alleine gelassen hatte. Ich verstand ihn überhaupt nicht mehr. Was hatte ihn nur so verändert? Mama war den ganzen Tag alleine mit uns Kindern und dachte sehr viel nach. Es fiel ihr unheimlich schwer sich mit meiner Besonderheit auseinander zu setzen. Ich hatte sogar das Gefühl, dass sie sich immer mehr von mir distanzierte. Es war fast so, als wusste sie plötzlich nicht mehr, was sie mit mir anfangen sollte. Vielleicht schämte sie sich auch wegen mir oder bereute es sogar, dass sie mich überhaupt bekommen hatte. Ich fühlte mich so grauenvoll. Jetzt hätte ich meinen Papa sehr gebraucht, vor allem, wenn es Mama schlecht ging. Mama hätte ihn natürlich in diesen Momenten auch gebraucht, um mit ihm zu sprechen über das, was in ihr vorging. Ganz zu schweigen von meinen Brüdern, die ohne Frage auch sehr unter meiner Besonderheit litten und noch gar nicht wussten, was ich genau hatte. Papa stand unter Dauerstrom. Ich spürte, dass er immer angespannt und sehr launisch war. Von Tag zu Tag verschlimmerte sich das zusehends. Er war wie eine Maus, die ständig vor der Katze davon lief. Leider geht dies fast immer am Ende zugunsten der Katze aus. Papa rannte genauso. Er wollte nichts falsch machen und seinen Job gut machen. Die Katze waren die gesamten Erlebnisse der letzten Monate. Am schlimmsten war wohl für beide, dass es kaum Informationen zu diesem seltenen Gendefekt gab, über die man sich ein genaues Bild machen konnte, was in den nächsten Monaten und möglicherweise Jahren, auf uns zukommen würde. Es fehlte überall an Informationen. Mama hätte es schön gefunden und geholfen, wenn sie mit anderen betroffenen Müttern oder Vätern hätte sprechen können, um sich auszutauschen. Sicher hätte ihr das Mut gegeben. Daran wollten sie etwas ändern und haben sich deshalb entschlossen, für mich eine eigene Internetseite zu machen, auf der über den Gendefekt etwas berichtet wird und es vieles über mich zu lesen und zu sehen geben sollte. Ein eigenes Tagebuch im Internet war die Idee von Papa. Vielleicht ließen sich dadurch andere Familien mit dem gleichen Schicksal finden. Papa war plötzlich wieder total angespornt von dieser Idee und fing gleich an, die Seite zu gestalten. Von da an gab es mich also auch im Internet.

Doch es gab ja noch das Problem mit dem Platz in unserem gemieteten Haus. Ich hatte mein Bettchen im Zimmer meiner Brüder stehen, weil wir nicht genug Zimmer hatten, um mir ein eigenes kleines Reich einzurichten. Mama wollte doch so gerne ein Prinzessinnenzimmer für mich haben. Das war schon immer ihr Wunsch, wenn sie einmal ein Mädchen haben sollte. Jetzt, da klar war, dass ich anders bin, wurde dieser Wunsch noch größer. Einen Keller, den man hätte ausbauen können für mich, gab es nicht. Mama und Papa überlegten lange, was sinnvoll sei und trafen die Entscheidung, dass wir uns nach etwas anderem umsehen mussten, das genug Platz für eine sechsköpfige Familie haben sollte. Auch die Straße, die direkt und ohne Bürgersteig, vor dem Haus verlief, untermauerte diese Entscheidung, da es alles andere als kindgerecht war. Es gab zwar ein Hoftor, das, wenn es geschlossen war, verhinderte, dass meine Brüder nach draußen liefen, doch als sie irgendwann herausfanden, wie es sich öffnen lässt, war diese Barriere sinnlos geworden. Die Suche nach einem entsprechenden Haus begann. Gar nicht so einfach ein Haus zu finden, das sowohl in der Lage kindgerecht ist, genug Platz bietet und nicht unbedingt eine baufällige Ruine ist. Wir hatten ziemliches Glück, dass wir schon nach kurzer Zeit ein schönes Haus finden konnten, das für uns alle genug Platz bot. Für Mama war das Schönste, dass sie mir endlich mein eigenes Zimmer einrichten konnte. Der Garten hinter dem Haus war zwar deutlich kleiner, doch das machte nichts. Meine Brüder hatten ihn in den letzten Monaten wenig genutzt und auch für meine Eltern war die Gartenpflege zusätzlich zu allem Anderen ein enormer Zeitaufwand. Das neue Haus hatte eine große geräumige Garage. Die war Prima, um darin beispielsweise Geburtstage zu feiern. Nachdem der Mietvertrag unterschrieben war konnten es meine Brüder und Eltern kaum abwarten, bis der Umzugstag da war. Mama machte schon frühzeitig Pläne, wie mein Zimmer und das meiner Brüder gestaltet werden könnte. Die Vorfreude war einfach riesig. Selbst meine Brüder Manuel und Alexander freuten sich sehr, obwohl es für beide einen Schul- und Kindergartenwechsel bedeutete. Für ein Kind in dem Alter meiner Brüder, ist ein Wechsel immer schlecht und zum falschen Zeitpunkt. Meine Eltern waren sich aber sicher, dass er sehr schnell wieder neue Freunde finden würde. Auch bei mir hatte sich einiges getan. Mittlerweile bin ich so groß geworden, dass ich nicht mehr auf den Wickeltische passe und Mama musste mich bisher immer auf dem Fußboden anziehen und wickeln. Das war echt nicht so besonders toll. Auch wenn immer meine Gymnastikmatte darunter lag, war es doch manchmal wirklich kalt. Der Kinderarzt verordnete deshalb ein Pflegebett, das in der Höhe verstellbar war, so dass Mama und Papa mich wieder gut versorgen konnten. Ich glaube, dass das auch nicht wirklich gut war für ihren Rücken, wenn sie mich jedes Mal auf dem Fußboden umziehen mussten. Das neue Pflegebett sollte erst nach unserem Umzug geliefert und direkt in meinem neuen Zimmer aufgebaut werden. Beim Umzug selbst mussten wir meine anderen Hilfsmittel ja schon mitnehmen. Die Badeliege, meinen Therapiestuhl, den Rehabuggy und das Lagerungssystem waren schon eine ganze Menge, was transportiert werden musste. Durch die Hilfsmittel wurde vieles einfacher. Gerade im Therapiestuhl und im Rehabuggy war es mit dem Sitzen schon viel besser als in einem normalen Buggy oder Hochstuhl. Nur das mit der Badeliege funktionierte leider noch nicht so gut. Mama und Papa mussten mich immer zu zweit Baden, da ich viel zu unsicher darin saß. Meine Oberkörpermuskulatur war einfach zu schwach, um mich darin gerade zu halten. Irgendwie musste es ja gehen. Wir würden in nächster Zeit sicher noch mehr neue Herausforderungen vorfinden. Mama zog sich immer mehr zurück und wirkte sehr einsam. Es war so, als hätte sie mich abgelehnt.

Ein paar Wochen nach der Diagnose ging es Mama sehr schlecht. Sie fiel in eine tiefe Depression und musste unbedingt zum Arzt. Papa hatte sie hingefahren, weil er nicht wollte, dass sie in diesem Zustand selbst mit dem Auto fährt. Er hatte vollstes Verständnis für die Schwierigkeiten, in denen sich Mama mittendrin befand. Papa konnte an diesem Tag nicht arbeiten gehen. Mama bekam vom Arzt eine Spritze, die sie etwas stabilisieren sollte. Mehr konnte er in diesem Moment auch nicht helfen. Papa kümmerte sich an diesem Tag um uns Kinder. Als es Abend wurde, ging Papa in die Küche und wollte das Abendessen für meine Brüder machen. Das dauerte sonst doch auch nicht so lange. Mama wollte jetzt wissen, was los war und ging ebenfalls in die Küche. Sie fand Papa auf dem Boden sitzend. Er war vollkommen aufgelöst und weinte. Sein Körper zitterte. Offensichtlich war dieser Moment nun doch schneller gekommen, als Mama es gehofft hatte. Über Monate hinweg hatte es sich schon angedeutet, dass es nicht lange gut gehen konnte, wie er sein Leben bisher lebte. Er hatte offensichtlich auch einen Nervenzusammenbruch, genau wie Mama ein paar Stunden vorher. Ich ahnte noch nicht, wie dieser Tag unser ganzes Familienleben auf den Kopf stellen würde. Ich hoffte sehr, dass nun nichts weiter folgen würde. Warum musste Jonathan aber gehen und konnte nicht mehr bei mir sein. Ich fühlte mich so alleine. Auch meine Brüder konnten nichts für mich tun. Sie waren in ihrem Zimmer und machten sich fertig zum Schlafengehen. Da lag ich nun in meinem Laufstall und konnte überhaupt nichts machen. Ich hörte, wie Mama und Papa in der Küche miteinander redeten. Verstehen konnte ich es aber nicht. Hätte ich doch nur etwas tun können, um ihnen zu sagen, dass sie sich keine Sorgen machen bräuchten wegen meiner Besonderheit. Ich wurde ja schließlich, lange bevor ich auf diese Welt kam, darauf vorbereitet. Auch in den letzten Monaten hatte Jonathan mir so viel beigebracht darüber. Ich bekam in diesem Moment, als ich so ganz alleine im Laufstall lag, große Angst. Mama und Papa dürften doch jetzt nicht krank werden. Wer soll sich denn um mich kümmern, wenn es den beiden schlecht geht? Meine Brüder sind noch viel zu klein dazu und Julian hat ja noch dazu die Sehbehinderung und muss sein Leben auch erst einmal selbst meistern damit. Nein, nein, nein. Ich wollte es einfach nicht wahrhaben. Es konnte sich doch nur um einen schlechten Film handeln, in dem ich gerade mittendrin war. Das war es aber nicht, denn auf einmal sah ich Mama, wie sie auf mich zu kam. Sie versuchte sich wie immer nichts anmerken zu lassen. Ich sah jedoch in ihren Augen, dass es ihr sehr schlecht ging. Diese enge Bindung, die ich zu meinen Eltern immer hatte, kann mich nicht täuschen. Sie nahm mich ganz liebevoll aus dem Laufstall in den Arm und küsste mich. Jedes Mal, wenn sie mich so küsste, übertrug sich so viel Liebe von ihr auf mich. Im Gegenzug schenkte ich ihr Zuversicht und versuchte damit, ihre Angst vor der Zukunft etwas zu nehmen. Sie war aber noch nicht so weit, um dieses Gefühl in sich aufnehmen zu können. Es war, als würde es einfach an ihr abprallen. Ich gab jedoch nicht auf und jedes Mal versuchte ich wieder, zu ihr durchzukommen. Irgendwann würde es mir schon gelingen. Ich wusste, dass Mama mich liebte und wir diese schwere Situation gemeinsam überstehen würden.

Mama ging mit mir nach oben und zog mir meinen Schlafanzug an. Es war mittlerweile schon recht spät und ich war sehr müde. Innerlich war ich aber noch zu aufgeregt, als dass ich jetzt schon hätte schlafen können. Meine Eltern hatten es an diesem Abend aber schon schwer genug und deshalb ließ ich mich von Mama ins Bettchen legen und hörte der Musik zu, die sie mir angemacht hatte. Irgendwann packte mich dann doch die Müdigkeit und ich schlief ein. Kaum war ich eingeschlafen, befand ich mich schon in einem meiner schönen Träume. Ich stand ganz oben auf einem Berg. Der war voll und ganz mit roten Blumen bewachsen. Es war kein sehr hoher Berg. Für mich war er jedoch riesig. Ich konnte von dort oben diese wunderschöne Landschaft sehen, die sich am Fuße des Berges erstreckte. Ich drehte mich umher und spürte auf einmal einen sanften Luftzug um mich herum. War das Jonathan? Ich erinnerte mich an seine Worte, die er einmal zu dem Wind gesagt hatte, wenn ich ihn spüren konnte. Aber das konnte eigentlich gar nicht sein. Er hatte sich doch von mir verabschiedet vor einiger Zeit. Während ich darüber nachdachte, tippte mir jemand von hinten auf meine Schulter. Ich drehte mich um und sah direkt in Jonathans schöne Augen. So glücklich war ich, dass ich ihn direkt umarmte und ihn am Liebsten überhaupt nicht mehr loslassen wollte. „Hallo Katharina“, sagte er. „Wie ich sehe, hast du den Berg schon geschafft. Ich freue mich, dass du vorangegangen bist, um deinen Eltern den Weg nach hier oben zu zeigen.“ „Mein lieber Jonathan. Ich hatte schon solche Angst, dass wir uns überhaupt nicht mehr sehen würden. Du kannst dir gar nicht vorstellen, wie froh ich darüber bin, dass du zu mir gekommen bist. Sicher hast du die letzten Tage miterlebt, was bei meinen Eltern vorgefallen ist“, antwortete ich ihm. „Gewiss, mein Kind. Und glaube mir wenn ich dir sage, dass ihr alle als Familie auf dem richtigen Weg seid.“ Jonathan konnte das wirklich nur zu gut. Er sprach immer wieder in Rätseln, die ich zunächst nicht verstand. „Aber wie soll denn der Zusammenbruch von Mama und Papa der richtige Weg sein?“, sah ich ihn fragend dabei an. „Ich weiß, dass es für dich sehr schwer sein muss, dies alles mitzuerleben und auch zu verstehen. Du bist noch ein sehr kleines Geschöpf, das aber trotzdem sehr klug ist. Was denkst du, warum Gott ausgerechnet diese Familie für dich ausgesucht hat? Diese Menschen, deine Familie dort unten am Fuße des Berges, warteten lange auf ein

Zeichen von unserem geliebten Vater. Erinnere dich, als ich dir sagte, dass der Weg, den ihr vor euch habt, lange und beschwerlich sein wird. Doch er wird euch gemeinsam zum Gipfel führen. Hierher an diese Stelle, an der wir gerade stehen. Gemeinsam könnt ihr dann hinunter schauen auf das fruchtbare Tal und ihr werdet erkennen, dass sich eure Mühe gelohnt hat. Der Aufstieg mag schwer sein, doch das, was wir hinter uns gelassen haben, wird jeden von euch belohnen. Ihr werdet auf das wunderschöne Tal hinabschauen, in dem eure Zukunft liegt." Das wäre einfach toll, wenn Jonathans Worte sich als richtig herausstellen würden. Zu dieser Zeit konnte ich das jedoch noch nicht wissen. Ich schaute ihn an und fragte: „Jonathan, kannst du nicht ab und zu nach mir sehen? Du weißt doch, dass Mama und Papa mit sich selbst zu kämpfen haben und meine Brüder sind doch auch noch so klein. Ich will nicht, dass sie jetzt schon durch meine Besonderheit dermaßen beeinträchtigt sind."
„Ich verstehe dich", gab Jonathan zu. „Du wirst zu gegebener Zeit deinen Eltern und auch deinen Brüdern neue Kraft geben, um diesen schweren Weg hinauf zu kommen. Hab nur Geduld." Jonathan schaute nach oben und sah, wie der Himmel sich über uns langsam öffnete und ihn eine vertraute Stimme zu sich rief. Es war der goldene Engel, der ihn offenbar brauchte. „Kleines, ich muss jetzt gehen. Aber eines kannst du dir sicher sein. Ich werde für dich da sein! Nun mach dich auf den Weg hinunter ins Tal und begrüße deine Eltern." Durch

meinen Traum merkte ich gar nicht, dass es längst Morgen war. Noch ehe ich mich von Jonathan verabschieden konnte, rutschte ich auf meinem Hintern den Berg hinab und landeten weich in meinem Bettchen. Papa stand schon neben mir und begrüßte mich mit einem herzlichen „Guten Morgen“ und einem Kuss auf die Wange. Es war jedes Mal wunderschön, wenn mich meine Eltern oder meine Brüder weckten.

In dieser Nacht schlief ich durch, ohne einmal aufzuwachen. Ich wollte Mama und Papa auf gar keinen Fall noch zusätzlich belasten. Dass Papa an diesem Morgen zuhause war, war wirklich ungewöhnlich. Meistens sah ich ihn morgens gar nicht mehr, wenn ich aufwachte. Das sollte nichts Gutes bedeuten. So kannte ich ihn gar nicht. Er war nicht mehr derjenige, der er in den letzten Monaten war. Er war sehr still und in sich gekehrt. Mama war dagegen unglaublich gefasst und sie entschieden, dass Papa noch am gleichen Tag zum Arzt gehen sollte. Es konnte einfach nicht so weitergehen. Er war mit seinen Kräften am Ende. Es schien ihm alles schwer zu fallen. Ich bemerkte, dass er um sich herum kaum etwas mitbekam. In mir war wieder dieses Gefühl, dass ich an Allem schuld sein könnte. Das Leben meiner Eltern geriet außer Kontrolle seitdem ich bei ihnen war. Sie brauchten so viel Zeit für mich und vernachlässigten dadurch viele andere wichtige Dinge. Und sie machten sich viele Gedanken und Sorgen, wie es mir gehen würde, wenn ich älter werde. Auch darüber, wie lange ich leben würde. Es gab ja bisher keine Informationen darüber, ob mit der genetischen Veränderung eine reduzierte Lebenserwartung verbunden war. Was gerade um mich herum passierte, war nur sehr schwer für mich zu verstehen und noch schwerer dies alles mitzuerleben. Aber das war meine Bestimmung. Ich hörte in Gedanken Jonathan, wie er zu mir sagte „Du bist eine Kriegerin, die auf die Erde geschickt wurde, um den Menschen zu zeigen, dass jeder Mensch etwas Besonderes ist, egal welche Beeinträchtigungen er in sich trägt“. Diese Worte gaben mir wieder Kraft, die schlimmen Momente einfach zu übergehen. Nachdem ich angezogen und gewaschen war, fuhren wir zusammen zum Arzt. Manuel und Julian waren schon in der Schule und Alexander im Kindergarten. Die Fahrt zu Papas Arzt dauerte nur etwas mehr als zehn Minuten. Das Wartezimmer war ziemlich voll. Die beiden Mitarbeiterinnen waren hin und weg von mir. Was hatten die Leute nur immer, wenn sie mich ansahen? Ich hatte das schon so oft gehört, dass ich so ein süßes Mädchen wäre. Und wieso waren alle so verrückt nach meinen Wimpern und meinen Augen? Wie gerne hätte ich mich einmal richtig im Spiegel betrachtet. Meine Augen wollten aber meistens nicht so genau zu diesen Punkten schauen, wenn Mama mich vor den Spiegel hielt. Ich fand das interessant, mein Spiegelbild hin und wieder zu sehen. Kaum habe ich mich im Spiegel entdeckt, flohen meine Augen zur Seite, um mir nicht zu viel über mein Aussehen zu verraten. Verstanden hatte ich das nicht. Ich wusste nur, dass ich meine Augen oft nicht kontrollieren konnte. Ich hoffte, dass dies noch besser werden würde, um die schönen Dinge des Lebens auch betrachten zu können. Es würde offensichtlich noch viel Arbeit benötigen, bis ich soweit war. Wir wurden aufgerufen und gingen zum Arzt ins Sprechzimmer. Es gab so viele neue Eindrücke für mich. Der Arzt war ein sehr netter Mann. Ich kannte ihn bisher noch nicht, aber ich spürte die Wärme, die er ausstrahlte. Er würde meinem Papa sicher helfen können. Papa und Mama erzählten ihm, was passiert war und wie es Papa ging. Er bekam auch ein Medikament, das ihn etwas beruhigen sollte. Niemand wusste an diesem Tag, welche Ausmaße dieser Arztbesuch und Papas Zusammenbruch noch haben würde. Papa wurde zunächst für zwei Wochen krankgeschrieben. Der Arzt wollte sehen, wie es sich weiter entwickeln würde. Besser ging es ihm allerdings weder in den darauffolgenden Tagen noch in den nächsten Wochen. Alles, was Papa in den letzten Monaten und Jahren durchgemacht hatte, wurde durch meine Diagnose für ihn zum Genickbruch. Es war zu viel. Jedes Mal, wenn er mich auf dem Arm hielt, spürte ich die Erschöpfung, die in ihm herrschte und diese furchtbare Unruhe, die ihn nicht schlafen ließ. Ich hätte ihm so gerne gesagt, dass er sich um mich keine Sorgen machen müsste und dass ich ja Jonathan hatte, der immer wieder nach mir sah. Vielleicht hätte ihm das ein wenig den Schmerz und die Ungewissheit genommen vor dem, was in der Zukunft auf uns zukommen würde. Es war mir aber nicht möglich, es ihm zu sagen und auch durch meine Berührungen konnte ich nicht zu ihm durchdringen. Es ging Papa kaum einen Tag mal wirklich besser. Ich merkte, dass er immer wieder versuchte, viel in meiner Nähe zu sein. Ich genoss diese Zeit sehr und auch die Liebe, die er mir entgegenbrachte. Doch oft war es ihm dann auch wiederum zu viel. Er war ohnehin sehr stark reizbar und verlor schnell die Geduld für irgendetwas. Ich machte mir große Sorgen um meinen Papa. Auch Mama ging es nicht wirklich gut. Sie kämpfte, um keine Schwäche zu zeigen. Sie wollte nicht, dass wir Kinder das merkten. Ich bin mir aber sicher, dass meine Brüder es genauso mitbekamen wie ich auch, was in ihr vorging. Papa suchte sich Halt bei mir. Er pflegte meine Internetseite und machte mit mir Krankengymnastik. Er machte sich scheinbar mich zu seiner Aufgabe, die ihn wahrscheinlich davon abhielt, wirklich komplett durchzudrehen. Mama konnte sich in dieser Zeit um meine Brüder kümmern. Gerade bei Manuel, der ja in die Schule kam, war es sehr wichtig, mit ihm Hausaufgaben zu machen und mit ihm zu lernen.

Nicht ein Tag verging in den darauffolgenden Wochen, an dem es meinen Eltern wirklich gut ging. Sie machten sich unheimlich viele Gedanken über die Zukunft. Unsere finanzielle Situation trug natürlich auch viel dazu bei, dass Papa immer mehr in sich versank und grübelte. Er konnte einfach keinen klaren Gedanken mehr fassen, ohne durch die vielen Sorgen um ihn herum, eingenommen zu werden. Er hatte keine Kraft sich für etwas zu interessieren oder zu begeistern. Es gab für ihn scheinbar nur noch mich. Mit mir konnte er für einen Moment seine Sorgen vergessen – zumindest schien es mir so. Doch ich spürte, dass ihn starke Schuldgefühle plagten. Mama litt auch sehr unter ihren Schuldgefühlen. Sie befürchtete noch immer, dass die Medikamente, die sie in der Schwangerschaft einnehmen musste, doch etwas mit meiner Besonderheit zu tun haben könnten. Auch der ganze Schwangerschaftsverlauf und die Tatsache, dass sie zu Beginn der Schwangerschaft sogar darüber nachdachte, mich nicht zu bekommen, stärkten die Schuldgefühle. Sie sagte das auch offen, wenn sie mit Papa oder ihren Freundinnen sprach. Nur Papa wollte einfach darüber nicht sprechen. Er lebte tief in sich selbst und ließ kaum etwas nach außen dringen. Selbst mir war es nicht möglich die Dinge, die ihn beschäftigten, zu verstehen. Es war seltsam, da ich bisher immer ein sehr inniges Verhältnis zu Papa hatte. Aber in dieser Situation konnte ich nichts tun, außer für ihn da zu sein und ihm mein Lächeln zu schenken. An einem Abend brachten Mama und Papa mich schon früh ins Bett, weil sie etwas Zeit für sich brauchten, um über alles einmal in Ruhe sprechen zu können. Sie hatten viel zu selten Gelegenheit dazu. An diesem Tag jedoch waren meine Brüder auch schon im Bett und es bot sich die Möglichkeit an. Seit meiner Diagnose haben sich die beiden kaum noch wirklich unterhalten, was jeden von ihnen belastete. Es ging eigentlich immer nur um meine Therapien, welche Hilfsmittel noch benötigt würden, meinen Schwerbehindertenausweis und vieles mehr.

Die seelische Verfassung von beiden blieb auf der Strecke. Auch die Angst, die immer in ihnen schlummerte, ich könnte Epilepsie bekommen oder wie lange ich leben würde, machten jeden Tag zu einer Zerreißprobe. Dass ihr Leben einmal eine solche Wendung nehmen sollte, ahnten beide nicht. Knapp acht Wochen nach meiner Diagnose wollten sie nicht mehr nur Trübsal blasen und vor allem meine Mama wollte, dass viele Menschen von der seltenen Erkrankung erfahren sollten. Deshalb entschlossen sie sich an die Öffentlichkeit zu gehen mit meiner Geschichte.

Ein regionaler Fernsehsender bot an, einen Beitrag für eine Vorabendsendung zu drehen und über mich und meinen seltenen Gendefekt zu berichten. Schon einen Tag nach der Kontaktaufnahme sollte es losgehen. Mitten in den Umzugskisten, die schon gepackt im Wohnzimmer standen, wäre das sicher ein Spaß. Papa war zunächst sehr unsicher, ob er das könnte. Lange hatte er sich nur wenig nach draußen getraut und mit anderen Menschen gesprochen seitdem er krank wurde. Doch auch sein Arzt begrüßte es, da es ihm bei der Verarbeitung meiner Besonderheit helfen könnte. Mama war schon sehr aufgeregt. Es war wohl Lampenfieber, was sie an diesem Tag vor dem Dreh in sich spürte. Wenn man mich gefragt hätte, wie es mir geht, hätte ich wahrscheinlich gesagt, dass ich sehr entspannt war. Für mich war es mittlerweile keine so große Besonderheit mehr. Ich wurde von Jonathan gut auf meine Aufgabe und meine Einschränkungen vorbereitet. Es konnte ja allein schon deshalb nichts schief gehen. Während wir am Morgen auf das Kamerateam warteten und Mama und Papa ihren Kaffee tranken, lag ich auf meiner Gymnastikmatte auf dem Fußboden im Wohnzimmer. Ich hörte eine leise Stimme nach mir rufen. Diese Stimme würde ich aus allen Stimmen der Welt und des Himmels heraus erkennen. Es war Jonathan, der mich rief. Und da sah ich ihn auch schon neben mir auf meiner Gymnastikmatte sitzen. Er lächelte, so wie er es immer tat, wenn er einfach bei mir sein wollte. Sein Lächeln berührte mich immer wieder. Meine Freude war riesengroß. „Jonathan, wie schön, dass du da bist", sagte ich zu ihm. „Gleich wird es sehr aufregend hier bei uns. Ein Fernsehteam kommt, um über mich zu berichten." Er konnte wohl die Freude in meinem Gesicht sehen, als ich ihm davon erzählte. Noch bevor Jonathan etwas dazu sagen konnte, klingelte es an der Haustür. Zaghaft gab er mir noch einen Kuss auf die Wange und winkte mir zu, bevor Mama und Papa mit dem Kamerateam zur Tür herein kamen. So viele Menschen waren auf einmal im Haus, aber das machte mir überhaupt nichts aus. Schließlich ging es ja um mich! Erstmal gab es aber für alle Erwachsenen einen Kaffee und eine Kleinigkeit zu Essen, bevor es los ging. Mama hatte mich zu sich auf den Arm geholt. So konnte ich endlich mal richtig etwas mitbekommen von allem, über was sie sich unterhielten. Einer der Männer erklärte wie der Dreh ablaufen sollte und was er sich so vorstellte. Er wollte gerne ein paar Aufnahmen davon, wie Papa mit mir Krankengymnastik macht und auch von Mama mit mir auf dem Schoß. Der Kameramann baute in der Zwischenzeit ganz viel Licht in unserem Wohnzimmer auf. Lampen und Lichter mag ich besonders und schaue gerne dorthin, von wo das

Licht kommt. Ich fühle mich von diesem hellen Licht sehr angezogen. Noch ehe ich alle Lichter genau angeschaut hatte, ging es auch schon los. Zuerst waren die Aufnahmen bei der Krankengymnastik dran. Papa machte mit mir die Übungen auf dem Boden auf der Gymnastikmatte und mit dem großen Gymnastikball. Rollen, Abstützen und Kopf heben auf dem Ball standen auf dem Programm. Während Papa mit mir die Übungen machte, stellte der Reporter ihm ein paar Fragen zu meiner Erkrankung. Ich konnte spüren, dass Papa ganz schön aufgeregt war. Andererseits schien es ihm aber auch gut zu tun, darüber zu erzählen. Bei manchen Fragen, etwa nach seiner Angst, wenn ich auch geistig behindert wäre, war ihm aber anzumerken, dass er mit sich kämpfte bei den Antworten. Nach den Aufnahmen bei den Übungen war erstmal Mittagessen für mich angesagt. Mama machte mir eine Flasche und ich konnte beim Trinken schön entspannen. Es dauerte nicht lange bis ich auf Mamas Arm eingeschlafen war. Da ich ja mittags nie lange schlief, machten alle erstmal eine kurze Pause. Geschlafen habe ich wohl nicht mehr als ungefähr zwanzig Minuten. Mama holte mich aus dem Bett. Gemeinsam gingen wir wieder zu den anderen, die schon voller Tatendrang auf uns warteten. Jetzt war Mama mit mir an der Reihe. Wir setzten uns auf einen Sessel und Mama bekam auch Fragen vom Reporter gestellt. Ich fand das alles sehr interessant und schaute immer schön in die Kamera und natürlich auch zu den vielen hellen

Lichtern, die der Kameramann aufgebaut hatte. Am Ende des Berichts nahmen Mama und Papa mit dem Team noch etwas auf. Das war eine große Überraschung für mich. Sie wollten für mich gerne einen kleinen Hund haben. Bei einem Besuch von Bekannten mit einem Havaneser habe ich das erste Mal direkten Kontakt zu einem Hund gehabt und meine Eltern haben gesehen, wie sehr ein Hund einem Kind wie mir helfen könnte. Er würde mich in meiner Entwicklung vielleicht fördern und mir ein treuer Freund sein. Sie wussten ja auch nicht, dass ich Jonathan habe, der mich immer wieder besuchen kam. Doch das Geld dafür hatten wir nicht, nachdem Papa ja jetzt auch krank wurde erst recht nicht. Deshalb haben Mama und Papa dem Fernsehen erzählt, das sie sich für mich einen Hund wünschten und auch, dass wir kein Geld haben, um für mich selbst einen Hund zu kaufen. Nach etwa drei Stunden hatten wir es geschafft. Das Kamerateam war zufrieden und fuhr in den Sender, um den Beitrag für die Sendung zu schneiden und zu vertonen. Er sollte in den nächsten Tagen gesendet werden, vielleicht sogar noch am gleichen Abend. Bis dahin war noch etwas Zeit und wir genossen die Ruhe. Mama hatte mich dann auch noch gebadet, was ich einfach nur toll fand. Ich spürte meinen Körper dann ganz intensiv und konnte diese schöne Wärme um mich herum genießen. Das erinnerte mich immer an die Zeit in Mamas Bauch. Wenn ich schon hörte, wenn Mama das Badewasser einließ, wurde ich ganz aufgeregt. Je

nachdem, wie ich gerade drauf war und wie mein Körper funktionierte, gelang es manchmal, dass ich nur von Mama oder Papa gebadet werden konnte. Meistens mussten aber beide dabei helfen. Diesmal konnte Mama es alleine und Papa musste erst beim Haare föhnen und Anziehen wieder helfen. Nach dem Baden und Anziehen wurde es dann Zeit, den Fernseher einzuschalten. Und tatsächlich. Plötzlich hörte ich meinen Namen aus dem Fernseher. Der Beitrag wurde noch am gleichen Abend gesendet. Wir freuten uns alle wahnsinnig darüber. Es war ein sehr schöner Beitrag geworden, der besonders emotional vertont wurde. Vor allem das Interview mit Mama, die mit den Tränen kämpfte, brachte meine Eltern beim Anschauen des Beitrages zum weinen. Man konnte Mama richtig ansehen, wie sehr sie sich ein gesundes kleines Mädchen gewünscht hatte. Meine Brüder machten ganz große Augen, als sie mich im Fernsehen sahen. Sie waren ja in Schule und Kindergarten, als das Fernsehteam bei uns war. Viele Bekannte, die den Beitrag ebenfalls gesehen hatten, meldeten sich danach bei uns. Sie fanden den Bericht auch wirklich gut.
Leider gibt es bei solchen öffentlichen Auftritten nicht nur positive Rückmeldungen. Dies mussten auch meine Eltern nur einen Tag später schmerzlich erfahren. Ich merkte, wie Mama plötzlich ganz komisch wurde. Papa regte sich total auf. Irgendetwas musste passiert sein. Ich habe leider nicht wirklich mitbekommen was. Zumindest nicht in diesem Moment. Mama und Papa haben sich

gegenseitig irgendwelche Sachen vorgelesen. Es klang nicht gut, was ich verstehen konnte. Meine Eltern kamen zu mir ins Wohnzimmer und setzten sich auf unser Sofa, das direkt neben meinem Laufstall stand. Jetzt konnte ich alles mitbekommen, worüber sie sprachen. Meine Brüder waren in der Schule und im Kindergarten. Mama war total entsetzt von dem, was sie offenbar auf ihrem Handy lesen musste. Es war eine Nachricht, die ihr Herz zum Weinen brachte. Eine böse Nachricht über unseren Fernsehauftritt. Aber warum sollte jemand etwas dagegen sagen, dass wir an die Öffentlichkeit gegangen sind? Möglicherweise lag es an dem Spendenaufruf am Ende des Berichts. Meine Eltern wollten doch nur alles tun, um mir zu helfen. Es kann doch keine Menschen da draußen in der Welt geben, die das verurteilen. Oder etwa doch? Mama konnte sich noch immer nicht beruhigen. Papa versuchte auf sie einzureden, dass sie es doch einfach vergessen sollte. Aber so einfach war das für sie nicht. Zu sehr hatte sie der Inhalt der Nachricht getroffen, in der man sie beschimpfte und ihr böse Sachen vorwarf. Es sollte an diesem Tag die einzige Nachricht dieser Art bleiben, doch schon einen Tag später kam der nächste Schlag. Eine weitere Nachricht erreichte diesmal meinen Papa. Darin wurde wieder kein gutes Haar an meinen Eltern gelassen. Die Person, die diese Nachricht verfasst hatte, konnte sich wohl nicht in die Situation mit einem kranken Kind hineinversetzen. Auch, wenn es noch so sehr schmerzte, wollten meine Eltern weiter daran festhalten, ihren eingeschlagenen Weg für mich weiter zu gehen. Es war ihnen aber klar geworden, dass es auch hier einige Steine gab, die beiseite geräumt werden müssten, bevor man am Ziel ankommt. Ich war in diesen Tagen sehr ruhig und nahm alles um mich herum in mich auf. Es war eine wertvolle Erfahrung für mich zu erkennen, dass es auf der Welt offensichtlich nicht nur freundliche Menschen gibt sondern auch viele, die einem den Weg versperren wollen. Mama und Papa machten eine Erfahrung während dieser Zeit, die man so nicht erwartet hätte. Familie und Freunde distanzierten sich plötzlich. Niemand wusste, was der Grund dafür war. Von einigen wurde die Erkrankung ohnehin nicht ernst genommen. Andererseits kamen auch viele neue und liebenswerte Menschen in unser Leben, die wir so wohl nie getroffen hätten.

Noch am selben Tag erfuhren wir vom Fernsehsender, dass sich viele Menschen auf den Beitrag hin gemeldet und ihre Unterstützung angeboten hatten. Eine Frau war sogar dabei, die den Hund vollständig bezahlen wollte. Niemals hätte ich gedacht, dass wir so viel Hilfe bekommen würden. Einfach unglaublich. Meine Eltern waren sehr berührt von soviel Hilfsbereitschaft. Da es sich um Spenden handelte, brauchten meine Eltern für mich aber auch ein Spendenkonto. Das war, wie sich später herausstellte, gar nicht so einfach zu bekommen. Viele Telefonate führten Mama und Papa an diesem Tag mit verschiedenen Vereinen. Leider gab es bei fast allen nur Absagen. Durch cinen Tipp von einem Bekannten haben sich meine Eltern dann an die katholische Kirche gewandt, die sich schließlich auch bereit erklärte, die Spenden für mich zu verwalten. Mama und Papa konnten es gar nicht glauben, was um sie herum passierte. Sie freuten sich sehr, dass der Wunsch scheinbar erfüllt werden konnte. Auch ich freute mich schon darauf. Es würde sicher eine ganz neue Erfahrung für mich sein. Nach ein paar Tagen war es dann soweit. Wir erhielten einen Anruf vom Fernsehsender, dass sie eine Züchterin für Havaneser gefunden hatten, die gerade Welpen und ältere Tiere zum Verkauf hatte. In den Tagen nach dem Fernsehbeitrag meldete sich auch ein Hundetrainer, der bei der Ausbildung des Hundes unterstützen wollte. In einem gemeinsamen Gespräch zeigte der Hundetrainer Vor- und Nachteile eines erwachsenen Hundes und eines Welpen auf. Er hatte meinen Eltern empfohlen, einen Welpen zu nehmen. Also entschieden sich Mama und Papa ebenfalls dafür, obwohl sie zunächst eher zu einem älteren Tier tendierten. Durch die Spenden war genug Geld zusammen gekommen, um einen Termin mit der Züchterin ausmachen zu können. Es sollte der erste Besuch bei ihr sein, um die kleinen Hundebabys kennenzulernen. Auch das Fernsehteam wollte wieder dabei sein und darüber berichten. Es waren sehr ereingisreiche Tage, die hinter uns lagen. Es gab Höhen und Tiefen. Ich erkannte immer mehr, was Jonathan mit dem Berg und dem Weg meinte. Jetzt allerdings wurde mir klar, dass es nicht nur einen langen Weg hinauf gab sondern auch viele Abzweigungen. Man musste sich immer wieder entscheiden, welche Abzweigung man wählt, um auch wirklich bis zum Gipfel zu kommen. Erwischt man den falschen Weg, gelangt man erst einmal wieder nach unten und muss von Neuem den Aufstieg beginnen. Genau dies zeigte sich auch bei meinem Schwerbehindertenausweis. Nachdem zunächst nur ein Grad der Behinderung von 80 festgestellt wurde, erhielten wir in diesen Tagen einen korrigierten Bescheid mit einem Grad der Behinderung von 100 und den entsprechenden Merkzeichen B, G, aG und H. Dies wurde nach der Diagnose noch einmal geprüft und geändert. Natürlich hat dies nicht unbedingt dazu geführt, dass Mama meine Einschränkung besser akzeptierte, denn sie hatte noch immer hin und wieder große Probleme, damit richtig umzugehen. Da der tägliche Zeitaufwand meiner Pflege schon relativ hoch und über dem eines gesunden Kindes lag, wurde bei der Pflegekasse ein Antrag auf Anerkennung einer Pflegestufe gestellt. Der Antrag wurde durch den Medizinischen Dienst geprüft und im Anschluss bewilligt. Somit habe ich die Pflegestufe 1 erhalten. Mama pflegt mich nun rund um die Uhr, was bedeutet, dass sie natürlich nicht arbeiten geht im Moment.

Nach dem Fernsehbeitrag meldete sich bei uns eine Journalistin, die für verschiedene Zeitschriften schreiben würde. Sie wollte gerne eine Reportage schreiben und diese mit Bildern abrunden. Die Geschichte von mir und meiner Familie schien für sie offensichtlich sehr interessant zu sein und so war schnell ein Termin vereinbart, um bei uns ein Interview zu führen und Fotos zu machen. Nur ein paar Tage später besuchte sie uns. Sie hatte viele Sachen dabei, die sie für die Fotos benötigte. Scheinwerfer, Kamera und vieles andere mehr. Ich hatte noch niemals so viele Lichter gesehen, wie in den letzten Wochen seit den Dreharbeiten für den Fernsehbeitrag. Die Lichter waren zwar nicht so viele wie die Sterne, die mit mir am Himmel leuchteten, doch ich fand sie unheimlich interessant. Es war ein ganz anderes Licht als von den Lampen bei uns Zuhause oder von den Sternen am Himmel oder dem Mond, der nachts durch unser Zimmerfenster schien. Ich fühlte mich wohl in dem Licht der Scheinwerfer. Nachdem die Journalistin alles vorbereitet hatte, fingen wir an, ein paar Fotos zu machen. Mama meinte, dass es besser wäre, die Fotos zuerst zu machen, bevor ich müde werde und einschlafen würde. Also ging es auch direkt los. Kaum war die Kamera auf mich gerichtet, fühlte ich mich davon wie magisch angezogen. Das erste Blitzlicht der Scheinwerfer brachte mich dazu, direkt in die Kamera zu schauen. Irgendwie war das lustig. Mama hatte auch schon oft erzählt, ich würde immer so gerne in die Kamera schauen, wenn sie Fotos machte. Etwas Besonderes schien von diesen Geräten auszugehen, wenn sie auf mich gerichtet waren. Wir machten viele Fotos von uns allen. Meine Brüder waren auch alle dabei und hatten ihren Spaß. Natürlich war mein größter Bruder Julian froh, als er fertig war mit den Fotos. Er war ja mitten in der Pubertät und hatte so seinen eigenen Willen. Aber das war in Ordnung. In einer kurzen Pause stellte die Journalistin meinen Eltern ein paar Fragen zu meiner Erkrankung und unserer gesamten familiären Situation. Ich ruhte mich etwas aus und lag auf meiner Gymnastikmatte im Wohnzimmer.

Manuel kam zu mir und erzählte mir wieder lustige Dinge und machte Albernheiten mit mir. Ich liebte es, wenn er das machte. Manchmal musste ich dann auch so lachen, dass ich mich kaum wieder einkriegte. Ich war sehr froh darüber, dass mich meine Brüder alle so liebten, wie ich bin. Auch Julian war etwas ganz besonderes für mich. Manchmal ging es mir nicht so besonders gut und ich war etwas unausgeglichen. Wenn ich dann bei Julian auf dem Arm war, schaute ich ihn die ganze Zeit an. Er strahlte so eine Ruhe aus. Das genoss ich sehr und wurde auch in seiner Nähe schnell wieder ruhiger. Meine Brüder und mich hatte etwas Wunderbares verbunden. Es war ein Band der Liebe, das ich zwischen uns spürte. Jeden Tag schien dieses Band ein bisschen dicker zu werden. Eines Abends, als Mama meine Brüder ins Bett brachte, sagte Manuel zu ihr aus heiterem Himmel „Mama, wenn ihr mal nicht mehr da seid, kümmern wir uns um Katharina“. Mama traf dieser Satz genau ins Herz und sie musste sich das Weinen vor den Jungs sehr verkneifen. Doch kaum war sie aus dem Zimmer wieder draußen, überkamen sie die Tränen. Es tat auf der einen Seite unglaublich gut, so etwas schönes von seinen Brüdern zu hören, denn sie zeigten damit auch, dass sie mich sehr lieb hatten und alles für mich getan hätten. Sie erzählte Papa davon und beide sahen sich stumm an. Mama wusste in diesem Moment nicht, was sie Manuel antworten sollte. Sie war von seiner Aussage so sehr überrascht worden. Ich konnte von meinem Bettchen aus alles mitbekommen, was gerade passiert war. Nach außen hin ließ ich keine Regung erkennen aber tief in meinem Innersten spürte ich ein wunderschönes Gefühl von Wärme. Ich hätte meine Brüder so gerne in den Arm genommen und ihnen gesagt, wie viel mir das bedeutete. Ich konnte mich ja noch nicht einmal bei ihnen bedanken für ihre Liebe, die sie mir jeden Tag schenkten. Ja, das musste diese Liebe sein, die ich so gerne kennenlernen wollte. Ein unbeschreibliches Gefühl im Körper und das Bedürfnis jemandem ganz nah zu sein. Es war ein Moment, an dem ich meine Besonderheit verfluchte. Sie hinderte mich daran, meine Empfindungen auszudrücken und zu zeigen. Ich kämpfte mit meinem Körper und versuchte irgendeine Möglichkeit zu finden, auf mich aufmerksam zu machen. Doch es gelang mir nicht. Meine

Bewegungen waren meinen Eltern in dieser Form schon bekannt und so merkten sie nicht, dass ich ihnen jetzt gerade etwas mitteilen wollte.

Nach der Pause ging es weiter mit den Fotos. Jetzt waren Fotos von Mama und mir dran, bevor dann Papa mit mir an der Reihe war. Zum Abschluss gingen wir noch einmal in den Garten und machten dort ebenfalls noch Fotos. Es wurden auch Fotos von Mama und Papa alleine und zusammen gemacht. Es war ein wirklich aufregender Tag, der erst am späten Nachmittag zu Ende war. Geschlafen hatte ich an diesem Tag eigentlich überhaupt nicht. Kein Wunder also, dass ich am Abend so was von müde und kaputt war, dass ich in kürzester Zeit einschlief. Ich war noch nicht richtig im Land meiner Träume als ich Jonathan auf mich zukommen sah. Er strahlte schon von Weitem über das ganze Gesicht. Ich sah ihm dabei zu, wie er immer näher zu mir kam und sich neben mich in mein Bettchen setzte. Wie immer begrüßte er mich sehr herzlich und gab mir diesmal einen Kuss auf die Stirn. „Das war ein interessanter Tag für dich heute“, flüsterte er mir ins Ohr. „Du hast in den letzten Wochen und auch heute vieles erlebt. Ich freue mich, dass es dir gefällt, wenn sich die Menschen mit dir beschäftigen und sich für dich interessieren.“ Da konnte ich Jonathan nur zustimmen und nickte ihm zu. „Du siehst mein Schatz, dass deine Eltern sich für einen ganz bestimmten Weg hinauf zum Gipfel entschieden haben.

Ihr werdet sehen, dass dieser Weg für euch ein guter Weg ist." War sich Jonathan da sicher? „Ach Jonathan", sagte ich. „Du hast vielleicht nicht mitbekommen, was nach dem Fernsehbeitrag passiert ist. Diese gemeinen Nachrichten, die meine Eltern bekommen haben." Er schaute mich an und ich wusste, dass er genau verstand, was ich meinte. „Ja davon weiß ich. Aber ich weiß auch, dass du verstanden hast, wie wichtig auch solche Dinge sind. Sie zeigen einem immer wieder, dass es auch andere Meinungen gibt, die man akzeptieren muss. Man darf sie nur nicht zu sehr an sich heran lassen. Du hast selbst schon erkannt, dass es auf dem Weg auf den Berg neben Steinen auch andere Abzweigungen gibt. Wenn deine Eltern diesen Weg nicht weiter hätten gehen wollen, wären sie an einer Abzweigung abgebogen und hätten einen anderen Weg einschlagen müssen. Doch sie sind auf diesem Weg geblieben, der euch ganz bestimmt nach oben führen wird." Ich war froh, dass Jonathan das so sah wie ich. Ich wollte in dieser Nacht, dass Jonathan bei mir bleibt. Es waren viele neue Eindrücke aus den letzten Wochen und ich wollte diese nicht alleine verarbeiten. Ich wusste, dass Jonathan mir auch helfen würde, wenn ich dabei überfordert gewesen wäre. Er stimmte zu und legte sich neben mich ins Bett. Seine Flügel zwickten etwas, aber das war egal. Ich war so froh, dass er da war und kuschelte mich an ihn. So schlief ich bis zum nächsten Morgen. Als ich aufwachte glaubte ich, dass Jonathan noch immer bei mir sei. Er war allerdings schon früh gegangen. Ich schloss noch einmal meine Augen und hörte ihn zu mir sprechen: „Mein Liebes, ich muss zurück zu den Sternen am Himmel. Ein neues Leben soll auf die Erde geschickt werden und ich muss es holen und zum goldenen Engel bringen. Du bist hier an diesem Ort und in dieser Familie sehr gut aufgehoben. Diese Menschen lieben dich sehr und werden dich ihr Leben lang beschützen so gut sie können." Dann verschwand die Stimme wieder und ich hörte meine Brüder, die gerade aufgewacht waren, in ihren Betten sprechen. Mein Kreislauf musste endlich besser in Schwung kommen. Gerade morgens hatte ich wirklich große Probleme damit.

Die letzten dreizehn Monate verbrachte ich fast ausschließlich im Liegen. Entweder lag ich im Laufstall oder auf meiner Gymnastikmatte. Meine Eltern versuchten mich immer wieder auf dem Rücken und auf dem Bauch zu lagern. Die Bauchlage sollte dazu beitragen, dass ich meine Muskulatur weiter aufbauen konnte. Das Lagerungssystem, das wir als Hilfsmittel von der Krankenkasse bekommen hatten, half mir auch kurzzeitig mal alleine sitzen zu können. Allerdings war das nur möglich, wenn ich mit den Klettbändern fixiert wurde, so dass ich meine Beine nicht an meinen Körper ziehen konnte. Sehr oft warf ich auch meinen Kopf und meinen Oberkörper nach hinten wenn ich saß. Der Therapiestuhl war zwar auch gut zum Sitzen geeignet, aber das Modell, das wir hatten, eher nicht fürs lange Sitzen. Ich hatte darin nicht den optimalen Halt. Zum Essen war es ausreichend. Es war nun aber grundsätzlich wichtig, an der Zeit mich von der Horizontalen in die Vertikale zu bekommen. Kurzum, ich sollte stehen lernen, um meine Bein- und Oberkörpermuskulatur weiter zu trainieren. Auch die Kopfkontrolle sollte dadurch weiter besser werden. Sie war leider noch ein ganzes Stück weit davon entfernt so zu sein, wie bei anderen Kindern mit über einem Jahr. Mit unserem Sanitätshaus und meiner Physiotherapeutin hatten wir vereinbart, dass ich zunächst mit einem Probegerät testen sollte, wie ich damit zu Recht kommen würde. Nach einigen Tagen wurde das Leihgerät geliefert und es konnte losgehen. Die Einstellung war ziemlich kompliziert, aber ich sollte ja auch richtigen Halt darin haben. Nachdem nun alle Halterungen angepasst waren, durfte ich mich zunächst hineinlegen. Der Stehständer war so aufgebaut, dass ich erst einmal darin lag und dann liegend ins Stehen gebracht wurde. Das war vielleicht ein Spaß. War das erste Mal für mich, dass ich die Welt mit anderen Augen sehen konnte. Bisher hatte ich ja alles nur im Liegen oder maximal im Sitzen gesehen. Stehen war jetzt eine völlig neue Erfahrung für mich. Ich spürte endlich meine Füße und meine Beine so richtig. Natürlich war es anfangs ziemlich beklemmend mit so vielen Gurten um meinen Körper, doch das war alles nicht schlimm. Ich genoss so sehr dieses tolle Gefühl, endlich alles an mir in einer ganz anderen Art und Weise zu spüren. Es war alles neu für mich und deshalb sollte ich auch die erste Zeit nicht länger als zwanzig Minuten stehen. Problematisch war auch, dass meine Füße in normalen Schuhen nicht genug Halt hatten und die Gefahr bestand, dass sie sich verformten, wenn sie nicht richtig versorgt und somit gestützt würden. Meinem Kreislauf hat das Stehen auch sehr gut getan. Für zwei Wochen sollte das Gerät jetzt bei mir bleiben, so dass ich es intensiv ausprobieren konnte. Nach dieser Zeit haben meine Eltern nach Rücksprache mit dem Kinderarzt den Stehtrainer dann verordnen lassen, weil es super geklappt hatte und ich richtig Freude hatte am Stehen. Für meine Füße verordnete der Kinderarzt Orthesen, die meine Knöchel gut fixieren sollten, so dass sie sich nicht verdrehen konnten. Bis ich die diese allerdings bekommen sollte, musste ich noch etwas warten. Meine Füße mussten erst gemessen und dann ein Gipsabdruck erstellt werden. Die Orthesen benötigten nämlich ganz festen Halt und deshalb war es wichtig, dass sie richtig angepasst würden. Es zeichnete sich ab, dass die Aufwände für meine Pflege immer weiter stiegen. Meine Eltern stellten deshalb bei der Pflegekasse einen Antrag auf Höherstufung in die Pflegestufe 2. Nach einem Besuch durch den Medizinischen Dienst der Krankenkassen wurde nach kurzer Zeit die Anerkennung der Pflegestufe 2 mit der Post geschickt. Ich war überrascht, dass ich doch so viel Pflegeaufwand benötigte. Es kam mir selbst überhaupt nicht so vor. Aber ich wusste und kannte es ja nicht anders. Für mich war es alles ja vollkommen normal, was um mich herum passierte und was ich bisher konnte. Zeitgefühl hatte ich ohnehin nicht, was es mir erschwerte, die alles nachvollziehen zu können. Natürlich merkte ich, dass Mama und Papa ziemlich Probleme hatten, wenn sie mich badeten. Trotz Badeliege mussten sie es immer zu zweit machen, weil ich im Oberkörper zu schwach war, um ruhig auf der Badeliege liegen zu bleiben. Auch beim Essen brauchte ich länger. Ich verschluckte mich sehr oft, weil ich große Probleme mit fester Nahrung hatte. Wenn ich ein Menü aus einem Gläschen bekam und dies auch Stückchen enthielt, dann klappte das überhaupt nicht. Alles dauerte einfach viel länger als bei anderen einjährigen Kindern. Doch so bewusst war mir das die ganze Zeit überhaupt nicht. Erst als ich so nach und nach darüber nachdachte, wurde es mir immer klarer. Das Schlafen klappte mittlerweile auch nicht mehr so gut wie am Anfang. Nachts wachte ich immer wieder auf. Manchmal einfach so, dann schaute ich in der Gegend umher und manchmal weinte ich auch. Mama und Papa wussten dann gar nicht, was los ist. Ich konnte es ihnen ja nicht sagen. Ich fand es unglaublich, wie sehr sich Claudia´s Tante sorgen um mich machte. Sie hatte es sehr mitgenommen, als sie die Diagnose damals erfahren hatte. Sie und ihr Mann gaben uns das Gefühl, für uns da zu sein, wenn wir sie brauchten. Leider war das mittlerweile bei unserem Freundeskreis nur noch eingeschränkt so.

Unser Umzug rückte immer näher und meine Eltern versuchten so viel es ging schon vorab einzupacken. Zum Glück boten sich einige Freunde an, am Tag des Umzuges zu helfen. Ohne sie hätten wir das wohl nicht hinbekommen, da es Papa durch sein Burnout echt schlecht ging. Die Tage, an denen es ihm mal einigermaßen gut ging, wobei ich das nicht wirklich sah, versuchte er Stärke zu zeigen. Er hatte immer noch keinen Therapieplatz für seine Psychotherapie gefunden. Die Wartelisten waren bei allen Psychologen wahnsinnig lang. Er versuchte es immer und immer wieder. Ich sah, wie er unter der ganzen Situation litt. Sehr oft musste er sich zusammenreißen wenn er sich mit mir beschäftigte. Mama spürte das auch. Sie hatte aber immer noch große Probleme, mich so anzunehmen, wie ich war. Ich spürte aber, dass es nicht mehr lange dauern würde, bis sie diese hohe Mauer überwinden konnte. Ich fühlte es ganz deutlich. Bald schon würde Mama verstehen, welche wunderbare kleine Kämpferin in mir schlummerte. Jonathan sagte ja schon, ich sei auf diese Welt gekommen, um die Menschen zu verändern. Und genau das, sollte mir auch bald bei meiner Familie gelingen. Bevor wir umgezogen sind, stand noch ein anderes großes Ereignis bevor. Durch die vielen Spenden nach dem Fernsehbeitrag konnten wir ja jetzt endlich einen

Hund aussuchen. Papa, mein Bruder Alexander und ich fuhren also zu einer Züchterin, die viele Havaneser hatte. Das Fernsehteam und der Hundetrainer waren ebenfalls dabei. Es war ein großer Hof, auf dem viel Platz für die Hunde war. Es gab ein Haus, eine große Scheune und einen langen Weg, der hinunter zum Haus führte. Schon am Hoftor konnte man die Hunde bellen hören. Ich war sehr aufgeregt auf das, was mich gleich erwarten würde. Alexander konnte es überhaupt nicht abwarten, endlich aus dem Auto rauszukommen und zu den Hunden zu gehen. Das Kamerateam vom Fernsehen filmte, wie wir vom Hoftor in Richtung Haus liefen. Papa hatte Alexander an der Hand und mich auf dem Arm. Je näher wir zum Haus kamen, desto lauter wurde das Bellen der vielen Hunde. Meine Aufregung war kaum noch auszuhalten. Alexander klingelte an der Haustür und die Züchterin öffnete uns. Sie war sehr nett und freundlich und begrüßte und herzlich. Natürlich wollte sie uns gleich die Hundebabys zeigen und ging in einen abgetrennten Bereich gleich neben dem Haus. Wir warteten darin, bis sie die kleinen Welpen nach draußen holte. Sie waren alle noch im Haus in einem extra Zimmer. Sie öffnete die Tür, die vom Haus zu dem abgetrennten Bereich führte und rief die Hunde. Plötzlich stürmte eine ganze Rasselbande von kleinen Havaneserwelpen nach draußen und auf uns zu. Das war ein wahnsinniges Getümmel. Sie bellten und sprangen an uns hoch. Es waren weiße und braune, aber auch welche mit mehreren Farben, dabei.

Ich wusste gar nicht, wo ich zuerst hinsehen sollte. Die waren alle so niedlich und klein. Kaum vorstellbar, dass bald einer dieser kleinen vielleicht mir gehören würde. Der Hundetrainer sollte bei der Auswahl mithelfen, so dass mein neuer Freund auch dafür geeignet war, mir zu helfen. Während er sich die Mütter der kleinen Racker anschaute, war ich immer noch mitten unter den Welpen und genoss diesen Trubel um mich herum. Alexander wusste zuerst gar nicht, wo er hin sollte und welchen kleinen Hund er als erstes streicheln sollte. Zwei kleine waren die ganze Zeit bei uns. Manchmal sah es so aus, als würden sie sich um mich streiten. Das war so süß. Auch als wir mal ins Haus reingegangen sind, wich mir ein kleiner Hund nie von der Seite. Es war ein kleiner schwarzer Welpe, der ein paar weiße Stellen im Fell hatte. Einfach ein richtig süßer Kerl. Auch der Hundetrainer gab nach ein paar einfachen Tests grünes Licht. Der Kleine hatte sich mich ausgesucht und ich ihn. Mitnehmen konnten wir ihn aber noch nicht. Er war noch zu klein, um schon von seiner Mama getrennt zu werden. Bei uns stand ja auch noch der Umzug in ein paar Wochen an und deshalb war es sinnvoll, dass er erst nach dem Umzug bei uns einziehen würde. Einen Namen hatte er aber schon – Sam. Papa vereinbarte mit der Züchterin, dass wir ihn kurz vor Weihnachten abholen würden. Das Kamerateam hatte alle Aufnahmen, die sie brauchten für einen zweiten Beitrag und ich wurde jetzt auch echt total müde. Auf der Fahrt nach Hause schlief ich im Auto ein und schlief fast, bis wir wieder bei Mama angekommen waren. Mit dem Hundetrainer wurde ein Vertrag abgeschlossen, der eine Ausbildung von ungefähr einem Jahr vorsah. Sam sollte dabei unter der Woche ausgebildet werden durch den Hundtrainer und am Wochenende komplett bei uns sein. Die Kosten für die Ausbildung waren sehr hoch und dadurch, dass Papa im Moment nicht arbeitet, konnten wir auch dies nicht aus eigener Tasche bezahlen. Durch den Hundetrainer wurde eine Spendenaktion gestartet, durch die die Ausbildungskosten sichergestellt werden sollten.

In den darauffolgenden drei Wochen, kurz vor unserem Umzug, wurden dann auch endlich meine verordneten Hilfsmittel geliefert. Der Therapiestuhl war als erstes dran. Bisher musste ich in meinem normalen Hochstuhl immer mit Handtüchern stabilisiert werden, dass ich nicht so nach allen Seiten kippen konnte. Der neue Stuhl hatte spezielle Haltegurte, die es unmöglich machten, dass ich raus fallen oder kippen konnte. Es war eine interessante Sache, da ich jetzt viel besser mit am Tisch sitzen konnte und mich anstelle auf das Sitzen, mehr auf meine Umgebung und das Essen konzentrieren konnte. Das heißt, ich nahm mein Umfeld jetzt viel besser wahr. Nach dem Therapiestuhl wurde der Rehabuggy geliefert. Auf den hatten wir auch schon sehnsüchtig gewartet. Genau wie im normalen Hochstuhl, hatte ich auch richtig große Probleme in einem normalen Buggy zu sitzen. Ich hatte überhaupt keinen Halt darin und knickte immer wieder zur Seite. Jetzt, im neuen Rehabuggy, saß ich perfekt und wurde an den entscheidenden Stellen gehalten. Die Spaziergänge machten nun richtig viel Spaß und ich genoss es immer wieder, die Natur zu erleben. Bäume mochte ich besonders. Ich fand es so aufregend, wenn die Blätter im Wind wehten. Schwierig stellte sich der Transport des Rehabuggys heraus. Leider lässt er sich nicht so zusammenklappen wie ein normaler Buggy und schwer ist er noch dazu. Für kurze Erledigungen war das schon ziemlich aufwändig. Zu guter Letzt wurde der Kinderautositz, der speziell für Kinder mit Handycap entwickelt wurde, ins Auto eingebaut. In der ersten Zeit saß ich darin wirklich gut, was sich aber bald änderte. Nach einigen Wochen mussten wir ihn wieder tauschen, weil ich viel zu sehr nach vorne hing und mein Nacken das nicht besonders gut fand. Das Pflegebett war in der Zwischenzeit auch verordnet worden und sollte nach dem Umzug kommen.

Kapitel 10

Neue Eindrücke und neue Umgebung

Nach und nach wurde es ernst. Mama und Papa waren die letzten Wochen sehr viel am Kartons packen für unseren Umzug. Das Haus leerte sich immer mehr, weil vieles schon vorab in das neue Haus gebracht wurde. Mama wollte, dass der Umzug am entscheidenden Tag schnell über die Bühne gehen sollte, so dass es für mich nicht so anstrengend würde. Ich war schon ganz gespannt, wie mein eigenes neues Zimmer aussehen würde. Mama wollte mir ja ein kleines Zimmer wie für eine Prinzessin einrichten. Natürlich sollte auch viel Rosa darin nicht fehlen. Manuel und Alexander sollten sich auch im neuen Haus ein Zimmer teilen. Julian bekam wieder sein eigenes kleines Reich, das er mit seinen vierzehn Jahren auch wirklich brauchte. Die Tage bis zum Umzugstag vergingen schnell und ehe ich es richtig merkte, war es dann soweit. Am Abend vorher fuhr Papa einen Transporter holen, mit dem wir die restlichen Sachen einen Ort weiter zum neuen Haus transportieren konnten. Am nächsten Morgen sollte es schon ganz früh losgehen. Es kamen Freunde, die uns halfen, die übrigen Möbelstücke und die großen Elektrogeräte zu transportieren und im neuen Haus wieder aufzustellen. Zweimal musste Papa mit dem Transporter noch fahren und schon war das Schlimmste erledigt. Genau Mitte

Dezember, nur zwei Wochen vor Weihnachten, war der Umzug abgeschlossen. Natürlich musste noch alles wieder eingeräumt und die ganzen Bilder aufgehängt werden, doch das war schnell erledigt. Schon einen Tag nach dem Umzug sah es eigentlich wieder ziemlich normal aus um mich herum. Natürlich war meine erste Nacht in meinem eigenen Zimmer und der neuen Umgebung sehr interessant für mich. Geschlafen hatte ich deshalb nicht wirklich viel. Es gab doch so viel Neues zu entdecken. Für Mama und Papa sah es wohl wieder einmal so aus, dass ich das alles nicht besonders mitbekam. So war es aber überhaupt nicht. Ich sah mir ganz genau jeden einzelnen Raum an, in den Papa oder Mama mich hinein trugen. Mein Laufstall bekam einen sehr schönen Platz im Wohnzimmer. Leider war es für mich noch immer nur eine Liegefläche. Es waren jetzt nur noch zwei Tage, bis mein neuer Freund Sam, der kleine Havaneser, zu mir kommen sollte. Ich war ziemlich aufgeregt deswegen. Auch meine Brüder waren schon ganz neugierig und konnten es kaum noch abwarten. Endlich war es dann Dienstag und der Tag war gekommen. Papa fuhr mit Manuel und Alexander zur Züchterin, um Sam abzuholen. Der Hundetrainer war ebenfalls mit dabei, falls wir Probleme beim Autofahren mit Sam haben würden. Mama und ich blieben zuhause. Es wäre ziemlich anstrengend für mich gewesen, wieder mit zu fahren und da ich auch sehr schlecht geschlafen hatte, überlies ich es meinen Brüdern, Sam abzuholen.

Ich genoss die Zeit immer, wenn ich mit Mama mal alleine war und wir uns näher kamen. Insgesamt hatte sich Mama mir gegenüber sehr verändert. Diese große Distanz zwischen uns war fast komplett verschwunden. Sie war mir näher als je zuvor. Mein größter Wunsch war scheinbar erfüllt worden. Endlich hatte sie wohl meine Besonderheit akzeptiert. An diesem Morgen, als ich mit Mama alleine war, saß ich in meinem Therapiestuhl und hatte gerade etwas gegessen. Mama hatte mich mit einem Obstgläschen gefüttert. Die fand ich sehr lecker und konnte ganz viel davon essen. Während sie im Keller war, um die Wäsche zu machen, spürte ich ganz plötzlich einen Luftzug, der durch das gekippte Fenster kam. Es war aber, obwohl es schon kurz vor Weihnachten war, keine kalte sondern angenehm warme Luft. Ich wusste genau, was dies bedeutete. Es war Jonathan, der mich besuchen kam. Das letzte Mal, dass er bei mir war, lag schon eine ganze Weile zurück. Noch bevor ich ihn sehen konnte, spürte ich ihn in meinem Gesicht. Ich freute mich und begrüßte ihn mit einem „Hallo Jonathan". „Hallo Prinzessin", antwortete er mir. „Wie ich sehe, habt ihr ein schönes neues Zuhause gefunden. Dein Zimmer ist ja wunderschön. Deine Mama hat sich sehr viel Mühe gemacht, das Zimmer für dich einzurichten und zu gestalten. Es ist ein richtiges Mädchenzimmer, an dem du noch viel Freude haben wirst. Sei nicht traurig, dass du die ganzen Spielsachen noch nicht benutzen kannst. Auch das wird noch kommen. Du darfst nur niemals aufgeben, ganz fest daran zu glauben.“ Ich liebte diese Worte von ihm. Er verstand sofort, was mich beschäftigte, ohne dass ich ein Wort dazu sagen musste. Jonathan war heute irgendwie stiller als sonst. „Was ist denn, Jonathan“, fragte ich ihn. „Ich bin heute gekommen, um mich das letzte Mal von dir zu verabschieden. Du wirst schon selbst festgestellt haben, dass du in der richtigen Familie bist. Heute wird ein neuer Freund zu dir kommen, mit dem du alles teilen kannst. Ich, meine kleine Katharina, habe noch so viele besondere Kinder, um die ich mich kümmern darf und deren Eltern noch so weit weg sind von der Akzeptanz, dass ihre Kinder anders sind.“ Ich lächelte Jonathan an. „Ja, ich weiß genau was du meinst, Jonathan. Es ist hier wunderbar und ich bin so dankbar dafür, dass meine ganze Familie mich so akzeptiert, wie ich bin“, sagte ich zu ihm. Wir umarmten uns ein letztes Mal, bevor Jonathan wieder durch das geöffnete Fenster hindurch verschwand. Schon war Mama wieder da und telefonierte mit Papa. Er rief sie an, weil sie auf dem Weg nach Hause waren. Noch eine Stunde sollte es dauern, bis sie zuhause ankommen sollten. Papa hatte dann noch einmal angerufen, dass sie noch etwas länger bräuchten, weil sie für Sam erst noch ein neues Geschirr holen mussten. Das, was er gerade an hatte, war schon zu klein für ihn. Er war in den letzten Wochen doch sehr gewachsen seit wir ihn das letzte Mal gesehen hatten. Die komplette erste Ausstattung für Sam wurde von einem Zoogeschäft gespendet. Das Geschirr konnte deshalb einfach umgetauscht werden. Jetzt musste ich also doch noch länger auf Sam warten. Aber ich freute mich schon sehr auf ihn. Bis dahin genoss ich weiter die Zeit mit Mama und wir kuschelten ausgiebig. Es war ein wunderschöner Moment, Mama so nah zu sein. Ich genoss dieses Kuscheln und die Streicheleinheiten von Mama sehr. Ich spürte, dass die Distanz zwischen uns einer tiefen Verbundenheit gewichen ist. Ihre Liebe berührte mich immer mehr ganz tief in meinem Herzen. Ich hielt sie dort fest und zehrte jeden Tag, jede Stunde und jede Minute davon. Endlich war ich wirklich angekommen. Die Liebe von Mama und ihre bedingungslose Akzeptanz meiner Besonderheiten war das letzte Puzzelteil, das bisher noch fehlte, um ein vollständiger Teil meiner Familie zu sein. Plötzlich hörte ich die Klingel an der Tür, die das innige Kuscheln mit Mama unterbrach. Ich merkte gleich, dass es Papa, meine Brüder und Sam waren. Aufregung stieg in mir auf. Ich konnte es überhaupt nicht abwarten. Gemerkt hatte das aber wie immer niemand. Ich konnte es einfach nicht zeigen. Ich wollte es so gerne, doch es gelang mir einfach nicht. Mama hätte es vielleicht an meinen zappelnden Beinen erkennen können, doch soweit war sie noch nicht. Es sollte noch etwas Zeit in Anspruch nehmen, bis alle meine Zeichen deuten könnten. Jetzt kamen Sie gerade die Treppe hinauf ins Wohnzimmer, wo ich auf Mamas Schoß saß und wartete. Mein Blick war im Raum versunken. Erst, als ich kleine tapsige Schritte auf dem

Laminatboden hörte, schaute ich auf. Da war er nun, mein kleiner Sam. Meine drei Brüder begrüßten ihn und Mama ging mit mir auf dem Arm auch zu ihm hin. Er beschnupperte mich und konnte sich offenbar noch an mich erinnern. Er war ganz zaghaft und berührte mich nur ganz vorsichtig. Papa hatte vor unserem Umzug schon die Treppengeländer mit Holzplatten abgedeckt, so dass er der kleine Kerl beim umhertoben nicht durchfallen konnte. Er musste ja nun erstmal sein neues Zuhause erkunden. Die nun folgenden Tage blieb Sam erst einmal bei uns. Das Training sollte erst im neuen Jahr beginnen, so dass er sich bei uns richtig einleben konnte. Zum Glück war er schon fast stubenrein und man merkte relativ schnell, wann er nach draußen musste. Ein paar Tipps gab uns der Hundetrainer noch mit für die nächsten Wochen. Sam und ich lernten uns jetzt immer mehr kennen und verbrachten viel Zeit miteinander.

Weihnachten stand direkt vor der Tür und Mama hatte das Haus schön geschmückt. Es waren Lichterketten an den Festern und ein wenig Weihnachtsdekoration auf den Tischen und Schränken. Dieses Jahr hatte sie aber nicht so viel aufgehängt, weil alle noch etwas erschöpft waren vom Umzug und den ersten Tagen mit Sam. Es war schon alles eine Umstellung und es gab viel Neues zu verarbeiten. Ich musste auch erst einmal diese ganzen neuen Eindrücke auf mich wirken lassen. Kein Wunder also, dass ich nachts nicht so besonders schlafen konnte.

Das war immer so, wenn viele neue Sachen in meinem Leben passierten. Weil es finanziell dieses Jahr durch die Krankheit von Papa und dem Umzug nicht so gut aussah, sagten Mama und Papa uns Kindern schon sehr früh, dass dieses Jahr keine großen Geschenke unter dem Weihnachtsbaum liegen würden. Für jeden von uns sollte es nur ein Geschenk geben. Drei Tage vor Heiligabend klingelte es plötzlich an der Tür. Es standen zwei Frauen mit großen Tragetaschen voll mit Geschenken davor. Das war eine riesengroße Überraschung. Wir kannten die beiden Frauen nur vom Sehen aus einem Geschäft in unserem alten Wohnort. Mama glaubte erst, sie hätten sich in der Tür geirrt. Aber das war so nicht. Sie wollten wirklich zu uns. Von einer guten Freundin hatten Sie erfahren, dass es durch die Diagnose von Katharina alles anders geworden war und auch in der Familie kaum Rückhalt existierte. Sie wollten helfen und starteten im Geschäft eine Sammelaktion, um davon Geschenke für meine Geschwister und mich kaufen zu können. Mama war zu Tränen gerührt. So etwas hatte sie niemals erwartet. Durch diese großartige Geste konnte Weihnachten nun doch ein schönes Fest werden. Wir waren unendlich dankbar dafür. Meine Brüder wussten natürlich nichts von den Geschenken und sollten es erst an Heiligabend unter dem Baum sehen. In den letzten Jahren hatte Papa immer für das Essen gesorgt an Heiligabend. Doch ihm ging es wirklich schlecht und deshalb konnte er es dieses Jahr nicht. Dieselbe Freundin, die auch den Frauen von uns erzählt hatte, wollte uns ein schönes Weihnachtsessen kochen. Wir sollten für ein paar Stunden mal alle Probleme und Sorgen um uns herum vergessen und als Familie zusammen Weihnachten feiern. Am Morgen des 24. Dezember stellte Papa mit meinen Brüdern den Weihnachtsbaum auf und schmückte ihn mit bunten Kugeln, einer Lichterkette und Lametta. Ich saß auf dem Boden in meinem Lagerungssystem und schaute den Dreien dabei zu. Am schönsten fand ich die Lichterkette, die so hell leuchtete und die Kugeln zum funkeln brachte. Es war wunderschön anzuschauen. Ich konnte meine Augen gar nicht mehr von diesem traumhaft schönen Anblick abwenden. Das Lametta glitzerte in den Farben des Regenbogens. Zum Abschluss steckte Papa noch eine lange Spitze auf den Baum. Jetzt war er perfekt! Dank der lieben Freundin hatten wir sogar einen schönen Weihnachtsbaum und Papa konnte den Plastikbaum im Keller lassen. Natürlich waren die Stunden bis zur Bescherung für meine Brüder furchtbar lange. Sie wussten einfach nicht, wie sie sich die Zeit vertreiben und sich ablenken könnten. Von einem Zimmer zum anderen gingen sie, ohne ein festes Ziel zu haben. Immer wieder kamen sie zu mir und küssten mich auf die Wange. Dabei sagten Sie ständig „Katharina, es ist Weihnachten. Heute gibt es Geschenke!“. Ach wäre es schön gewesen, wenn ich doch auch mit meinen Brüdern hätte umherlaufen können. Wenigstens krabbeln hätte mir ja schon gereicht. Doch ich war nicht Herr über meinen Körpcr. Manchmal kam es mir so vor, als wäre ich außerhalb und würde auf meinen Körper schauen, als wäre ich noch nicht ein Teil dieser Erde. Ein Teil von mir hatte es akzeptiert so zu sein und ein anderer Teil wünschte sich gesund zu sein. Mein Ich, das es schon akzeptiert hatte, war stärker und hinderte mich immer wieder daran, in meinem Körper meinen Platz einzunehmen. Ich sah Dinge, die andere Menschen nicht sehen konnten. Ich fühlte, was andere nicht fühlten. Meine Aufgabe war es, die Menschen einander näher zu bringen und miteinander zu verbinden. Ich wusste, dass ich es bei Mama und Papa fast geschafft hatte. Sie verhielten sich einander ganz anders als es noch vor ein paar Wochen der Fall war. Mein liebevolles und freundliches Wesen konnte Herzen berühren und die Menschen auf eine ganz besondere Art und Weise erreichen. Jetzt, an Weihnachten, spürte ich die Nähe zu den Engeln mehr denn je. Es war die Zeit des Jahres, an der ich mich als Teil der Engelwelt fühlte, so wie ich es früher als kleiner Stern am Himmel tat.

Mama wollte dieses Weihnachten mit meinen Brüdern in die Kirche gehen. Papa und ich gingen nicht mit. Es war wirklich zu kalt für mich, um mit dem Kinderwagen den Weg zur Kirche zu laufen. Julian war natürlich nicht so besonders begeistert, entschied sich dann aber doch mitzugehen. Für Manuel und Alexander war es etwas

Außergewöhnliches. Sie waren noch nie an Heiligabend in der Kirche und freuten sich schon sehr darauf. Papa hatte nun genug Zeit, den Tisch festlich zu decken und das Essen vorzubereiten bis sie wieder aus der Kirche da wären. Ich saß in meinem Therapiestuhl und schaute Papa dabei zu. Ich war für einen Moment in meiner Traumwelt und stand mitten im Schnee. Um mich herum war nichts als Schnee und tief verschneite Bäume und Sträucher. Es war kalt aber ich fror nicht. Ich hörte den Wind über den Schnee pfeifen und zwischen den Blättern der Bäume ein Lied für mich singen. Es war ein Lied der Hoffnung und der Zuversicht. Ich lauschte der Melodie andachtsvoll und voller Freude. Glöckchen erklangen aus der Ferne und ich sah, wie Rentiere auf mich zuliefen. Jedes einzelne von ihnen war festlich geschmückt. Sie liefen an mir vorbei und ich sah ihnen noch eine ganze Weile hinterher, bis sie am Horizont verschwanden. Erst, als die Küchenuhr klingelte und Papa signalisierte, dass der Braten nun warm genug war, kam ich wieder zurück in diese Welt. Mein Blick war auf den Weihnachtsbaum gerichtet, unter dem jetzt viele bunt eingepackte Geschenke lagen. Das Geschenkpapier glitzerte bunt im Leuchten der Lichterkette und dem Glanz der Christbaumkugeln. Ich war sehr gespannt, was sich wohl alles darin befinden würde. Sam war auch ganz schön neugierig auf den Baum und die Geschenke und Papa hatte alle Hände voll zu tun, um ihn davon fernzuhalten. Als es an der Tür klingelte, machte Papa auf und nahm seinen Fotoapparat vom Schrank. Er stellte sich genau neben mich, so dass wir beide die Tür zum Wohnzimmer im Blick hatten. Ich konnte meine Brüder und Mama unten im Flur hören. Sie zogen gerade noch ihre Jacken und Schuhe aus. Natürlich waren Manuel und Alexander erschöpft vom Laufen und jammerten sich die Treppe hinauf. Sie ahnten ja auch noch nicht, was sie gleich erwarten würde unter dem Weihnachtsbaum. Langsam kamen sie die Treppe Richtung Wohnzimmer hoch. Manuel sah zunächst nur den festlich gedeckten Tisch, weil der Weihnachtsbaum etwas hinter der Wohnzimmertür versteckt war und man ihn erst sehen konnte, wenn man durch die Tür gegangen war. Er trat langsam ins Wohnzimmer. Alexander war mittlerweile direkt hinter ihm. Sie gingen nach rechts und sahen den Baum, unter dem jede Menge Geschenke schon darauf warteten, ausgepackt zu werden. Die großen und strahlenden Augen der beiden werde ich niemals vergessen. Wie sehr hatten sie sich doch ein solches Weihnachtsfest gewünscht. Gesagt hatten sie es niemandem. Ich spürte es jedoch die ganze Zeit, dass sie sehr traurig darüber waren, dass Mama und Papa ihnen sagten, dass es kein großes Weihnachtsfest geben würde. Jetzt war die Freude riesig. Vor der Bescherung wollten meine Eltern aber erst mit uns gemeinsam essen. Hätten wir erst beschert, hätte danach wohl kaum einer noch etwas gegessen sondern lieber gespielt. Es gab Schweinebraten mit Knödel und Rotkohl. Mama gab mir auch ein bisschen Knödel mit Bratensoße. Das konnte ich recht gut essen, weil ich es mit der Zunge und dem Gaumen zerdrücken konnte. Es schmeckte köstlich. Mir war schon klar, dass meine Brüder nicht besonders viel essen würden bei der ganzen Aufregung wegen den Geschenken. Ich war mir sicher, dass nach der Bescherung der Hunger zurückkommen würde. Also ging es jetzt endlich los. Wir setzten uns alle im Kreis um den Weihnachtsbaum herum. Mama setzte mich in meinen Therapiestuhl und stellte ihn ganz nach unten, so dass ich mittendrin war im Geschehen. Dann fing sie an, die Geschenke an meine Brüder zu verteilen. Ein Chaos war das plötzlich, als sie begannen, ihre Sachen auszupacken. Überall lag plötzlich Papier auf dem Fußboden herum. Er war kaum noch zu sehen vor lauter Geschenkpapier. Besonders gefiel mir das Geräusch, wenn das Papier knisterte und raschelte beim Auspacken. Schnell hatten meine Brüder ihre Geschenke ausgepackt und nun war ich an der Reihe. Mama nahm ein großes Geschenk unter dem Baum hervor und stellte es auf den Tisch von meinem Stuhl. Manuel war gleich an meiner Seite und wollte sehen, was wohl darin versteckt sei. Jetzt saß ich da und hatte dieses große Geschenk vor mir stehen. Natürlich wusste ich schon, was ich damit anfangen sollte. Auspacken wollte ich es so gerne. Doch wieder einmal tat mein Körper nicht was er tun sollte. Ich schaute immer und immer wieder das Geschenk vor mir an, doch meine Arme regten sich kaum in dessen

Richtung. Meine Beine zappelten wieder ganz wild, was mir aber auch nicht half, das Geschenkpapier herunter zu reißen. Ganz zaghaft berührte ich das Geschenkpapier, in das mein Geschenk eingepackt war. Ich drehte meinen Kopf zu Manuel und er verstand sofort. „Warte Katharina, ich helfe dir!“, sagte er und riss das Geschenkpapier ab. Zum Vorschein kam eine Holzbahn, auf der man Bälle und kleine Figuren hinunter rollen lassen konnte.

Man fing ganz oben damit an, einen Ball hineinzulegen, der dann immer eine Etage tiefer rollte, bis er am Ziel angekommen war. Es war ein schönes Geschenk und ich war mir sicher, dass meine Brüder viel mit mir damit spielen würden. Auch die anderen Geschenke, die Mama auf meinen Tisch legte, packten Manuel und Alexander für mich aus und zeigten mir jedes einzelne davon. Ich verstand es nicht wirklich, warum ich so viele Dinge bekommen hatte. Weihnachten war für mich viel mehr als Geschenke. Ich war bei meiner Familie, die mich liebte und das war alles, was für mich zählte. Kein Geschenk dieser Welt konnte das ersetzen. Meine Familie spürte das, ohne dass ich etwas dazu sagen musste. Das gelang mir ohnehin nicht, aber durch mein Lächeln haben sie es sicher verstanden.

Die Weihnachtsfeiertage gingen zu Ende und ich verbrachte viel Zeit mit Sam. Manchmal war es schon recht schwierig mit ihm, weil er einfach nicht gehorchen wollte. War ja auch kein Wunder, denn immerhin war er ja erst drei Monate alt. Der Jahreswechsel sollte ja auch in ein paar Tagen stattfinden, doch vorher bekam ich noch mein neues Pflegebett. Vier Tage vor Silvester war es soweit. Das Sanitätshaus lieferte das neue Bett und baute es direkt in meinem Zimmer auf. Es war hellbraun und man konnte alle vier Seitenteile herunter machen. Mama hatte noch einen wunderschönen Betthimmel, den Papa an der Decke über dem Kopfende befestigte. Er war durchsichtig weiß und hatte viele bunte Punkte darauf. Über dem Bett klebte Mama noch Wandbilder auf. Ein Schloss mit einer Prinzessin, die aus dem Turmzimmer nach draußen schaute. Jetzt war mein Zimmer ein richtiges Märchenzimmer geworden. Ich fühlte mich sehr wohl darin und im neuen Bett schlief ich die darauf folgenden Nächte sehr gut. In der ersten Nacht hatte ich einen wunderbaren Traum. Ich sah mich an einem tiefblauen See inmitten von vielen Bergen stehen. Das Wasser glänzte in der Mittagssonne und der Wind ließ kleine Wellen auf der Wasseroberfläche entstehen. Es war ringsherum eine beruhigende Stille. Nur die Vögel sangen ihre Lieder mit dem Rauschen des Windes. Ich schaute hinauf zur Sonne und sah Jonathans Gesicht, das im Schein der Sonne ganz deutlich zu erkennen war. Er sah mich mit seinen wundervollen Augen an und die Sonnenstrahlen umgaben sein Gesicht. Ich freute mich sehr, ihn endlich wiederzusehen. Gerade, als ich mit ihm sprechen wollte, wachte ich jedoch auf. Papa war mitten in der Nacht aufgestanden, um mit Sam nach draußen zu gehen. Als er wieder kam, lag ich wach in meinem Bett und hatte so gar keine Lust mehr zu schlafen. Papa sah hingegen sehr müde aus. Ich wusste ja, dass er die letzten Monate nicht viel geschlafen hatte. Durch sein Burnout gab es viele Nächte, in denen er entweder gar nicht oder nur kurz schlafen konnte. Man sah es ihm wirklich an. Aber was sollte ich machen. Der Traum mit Jonathan war noch immer in meinen Gedanken und ich wollte jetzt einfach nur die Nähe zu Papa spüren. Er machte mir eine Flasche Milch und wir setzten uns ins Wohnzimmer aufs Sofa. Da saßen wir dann ziemlich lange und Papa hielt mich die ganze Zeit auf seinem Arm, bis ich irgendwann doch wieder einschlief. Den Rest der Nacht konnte ich dann durchschlafen. Es dauerte nun noch genau zwei Tage bis Silvester und damit zum Beginn eines neuen Jahres. Wir waren alle schon ganz gespannt, was das neue Jahr an Überraschungen für uns bereithalten würde.

Wie jeden Tag übten Mama und Papa fleißig mit mir Sachen aus der Krankengymnastik. Vor allem Sitzen wollte ich doch endlich mal so gerne ganz allein. Im Liegen auf dem Rücken hob ich immer meinen Kopf, um etwas mitzubekommen um mich herum. Zum alleine Sitzen reichte es aber noch lange nicht. Meine Rumpfmuskulatur war einfach noch zu schwach. An diesem Tag wollten wir es aber noch einmal ausprobieren. Papa setzte mich vorsichtig auf und balancierte meinen Körper soweit aus, dass ich in der Mitte war mit meinem Kopf. Dann ließ er mich ganz langsam los. Zum Glück hatte Mama gerade noch Zeit, um ein Foto von diesem Moment zu machen. Im nächsten Moment knickte ich wieder ein und fiel zur Seite um. Auch wenn wir es noch so oft versuchten, gelang es mir in den Tagen darauf nicht mehr, alleine sitzen zu bleiben. Immer wieder fiel ich nach hinten oder zur Seite. Aber aufgeben wollte ich nicht und so trainierten wir immer und immer weiter.

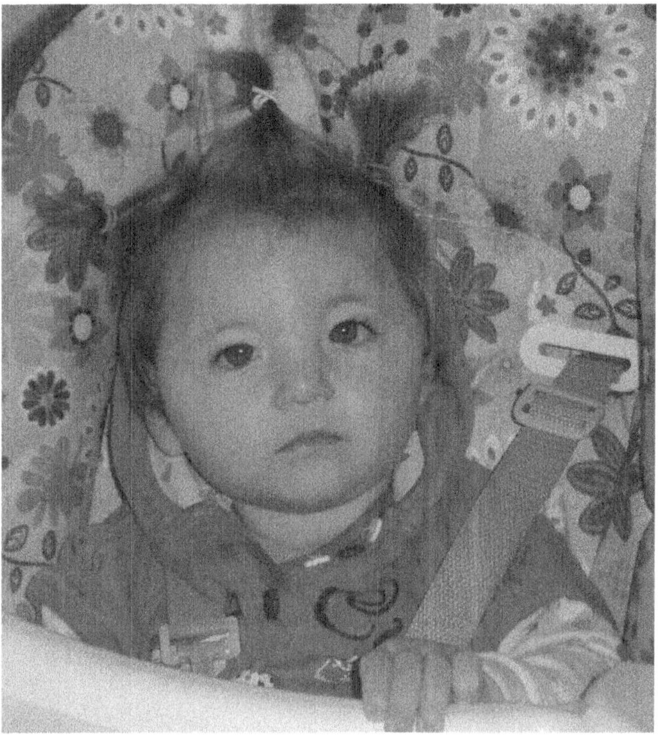

Kapitel 11

Ein Jahr voller Ereignisse

Nun war das Jahr, das so viel Schlechtes für uns brachte, endlich zu Ende. Es war Silvester und man konnte schon den ganzen Tag draußen Böller und Raketen hören. Glücklicherweise hatte ich keine Angst davor. Viel zu oft hörte ich als Stern im Himmel den Donner und sah den Blitzen zu, wie sie die Erde erhellten. Ich stellte mir also einfach vor, dass Donner und Blitz die Luft auf der Erde reinigten und hatte deshalb auch keine Angst vor den Böllern. Letztes Silvester hatte ich das alles noch gar nicht so mitbekommen, fiel mir ein. Da war ich ja auch noch etwas jünger und brauchte noch deutlich mehr Schlaf. Meine Brüder wollten dieses Jahr unbedingt wach bleiben und das Feuerwerk sehen. In den letzten Jahren haben sie es nie bis Mitternacht ausgehalten. Auch die Versuche von meinen Eltern, sie zu wecken, blieben immer erfolglos. Manuel hatte dieses Mal extra mittags noch einmal etwas geschlafen und war dementsprechend abends dann fit. Nur Alexander schlief wieder früher ein. Papa konnte ihn aber kurz vor Mitternacht wecken und so begrüßten sie alle das neue Jahr. Zwischendurch kam Mama in mein Zimmer um zu sehen, ob ich vielleicht durch das Feuerwerk wachgeworden war. Ich schlief aber immer noch ganz friedlich und bekam von allem nichts mit. Erst am nächsten Morgen wünschten mir meine

Eltern und meine Brüder ein frohes neues Jahr mit einem dicken Kuss und einer ganz langen Kuschelumarmung. Mama und Papa unterhielten sich an diesem Tag auch darüber, welche Therapien für mich vielleicht noch sinnvoll sein könnten. Offensichtlich merkten sie, dass ich zwar motorisch nicht besonders weit war, aber doch vieles um mich herum immer mehr mitbekam. Sie wollten auch das Essen verbessern, weil ich mich bei manchen Dingen immer noch sehr häufig verschluckte. Ich konnte einfach den Unterschied von Brei und fester Nahrung nicht immer erkennen. Gerade wenn beides, wie in den Gläschen, die ich zum Mittagessen oft bekam, vermischt war, hatte ich große Probleme beim Essen. Darüber hinaus wollten sie auch gerne meine Wahrnehmung fördern. Von anderen Eltern mit besonderen Kindern hatten sie gehört, dass die Ergotherapie sehr gut geholfen hatte. Wenn der Kinderarzt aus dem Urlaub zurück sein würde, wollten sie es mit ihm besprechen. An diesem Tag sprachen Mama und Papa auch darüber, wie sich seit der Diagnose von mir vieles veränderte. Der Freundeskreis, die Familie und Papas Burnout brachten einiges durcheinander. Eigentlich war nichts mehr so, wie es vorher war. Oft waren Mama und Papa mit meinen Brüdern und mir ganz auf sich alleine gestellt. Zweisamkeit gab es in den letzten Monaten für die beiden überhaupt nicht mehr. Sie kämpften jeden Tag und würden es auch weiterhin tun. Vier Kinder zu haben war in den Augen vieler Menschen schon nichts Normales mehr. Wenn dann noch ein besonderes Kind wie ich hinzukommt, zwei Jungs in einem Alter, in dem Streit untereinander normal ist und ein Teenager mitten in der Pubertät, der sich mit seiner Sehbehinderung durchs Leben kämpft, dann konnte mancher Tag unendlich lang sein und die Stunden vergingen nur so im Fluge. Der Haushalt blieb oft liegen oder wurde spät abends erledigt bevor sie dann müde ins Bett fielen. Doch ihre Liebe zu uns allen und unser Dasein war für sie ein enorm großes Geschenk. Genau das machte sie stark. Stark, um trotz ihrer eigenen Sorgen und Probleme immer für uns da zu sein und alles für uns zu tun, dass wir glücklich waren.

Durch die Seltenheit der Erkrankung gab es für meine Eltern nach der Diagnose keine Anlaufstelle, an die sie sich wenden konnten, um mit anderen Familien zu sprechen, die ebenfalls ein betroffenes Kind haben. Schon im vergangenen Jahr initiierten er und Mama deshalb die Gründung eines Vereins, der sich speziell um die Betroffenen der CASK-Genveränderung kümmert. Der CASK Kinder- und Lebenshilfe e. V. war geboren. Papa wurde erster Vorsitzender und das half ihm oft, nicht vollständig den Kopf zu verlieren, wenn es ihm durch das Burnout sehr schlecht ging. Es motivierte ihn immer ein Stückchen, nicht aufzugeben. Er sah darin einen Sinn und das gab ihm etwas Kraft zurück.

Nachdem Sam nun einige Wochen bei uns war und sich eingelebt hatte, war es jetzt an der Zeit, dass seine professionelle Ausbildung beginnen sollte. Es war vorgesehen, dass er vier Tage pro Woche ausgebildet wird und an drei Tagen Zuhause ist, um das erlernte weiter zu festigen. Als die Ausbildung mit dem Hundetrainer vereinbart wurde, wusste noch niemand, dass Papa doch länger krank sein würde. Die Hoffnung, dass er nach ein paar Monaten wieder arbeiten gehen könnte, verlor sich im Sande. Es hatte alles doch viel mehr an ihm gezehrt, als er sich das zu Beginn selbst eingestehen wollte. Wenn er wieder arbeiten gegangen wäre, hätte er Sam morgens und abends mitnehmen und beim Hundetrainer, der seine Ausbildungsstätte ungefähr dreißig Minuten entfernt hatte, abgeben und wieder holen können. Jetzt mussten er und Mama jeden Tag extra die Strecke im Berufsverkehr mit dem Auto fahren, um Sam zum Training zu bringen. Nach nur einigen Tagen stand schnell fest, dass dies für beide eine zusätzliche Belastung war, die sie nicht erbringen konnten. Gerade morgens waren ja noch meine Brüder und ich zu versorgen. Manuel musste in die Schule und Alexander in den Kindergarten. Julian war ja schon groß und konnte sich alleine fertig machen und zur Schule gehen. Es musste etwas geändert werden. Der Trainer bot an, dass Sam nun eine Blockausbildung absolvieren sollte und dabei jeweils für ein bis zwei Wochen vollständig im Training und im Anschluss für den gleichen Zeitraum bei uns sein sollte. Dies entlastete doch sehr. Immerhin war Sam ein kleiner Welpe, der viel Aufmerksamkeit und Erziehung nötig hatte, die im Alltag bei uns von Mama und Papa nicht so konzentriert durchgeführt werden konnte.

Papa und ich übten fleißig weiter Vierfüßlerstand, Sitzen und Rollen auf der Matte. Das Ziel war ja unverändert, dass ich es irgendwann schaffen könnte, mich alleine fortzubewegen. Wenigstens Rollen sollte doch möglich sein. Es fiel mir aber immer noch schwer mich vom Rücken auf den Bauch oder umgekehrt zu drehen. Ich bekam das noch nicht koordiniert mit meinem Körper. Durch das Training und immer den gleichen Wiederholungen der Übungen sollten die Abläufe in meinem Kopf gefestigt werden. Ich fand es immer wieder schön, wenn ich dabei ein kleines Erfolgserlebnis hatte und beispielsweise für kurze Zeit meinen Oberkörper abstützen konnte. Mama und Papa freuten sich darüber jedes Mal so sehr, dass mich ein wundervolles Gefühl umfasste. Weil ich aber eine kleine Kämpferin war, reichte mir das nicht. Ich wollte endlich stehen, so wie meine Brüder das auch konnten. Wie durch einen Zufall wurde nur einige Tage später mein Stehständer vom Sanitätshaus gebracht, den wir schon vor unserem Umzug ausprobiert und danach auch genehmigt bekommen hatten. Jetzt konnte ich hoch hinaus. Ich wollte es natürlich unbedingt gleich ausprobieren. Der

Mann vom Sanitätshaus musste ihn ja auch noch einstellen, so dass ich einen optimalen Halt hatte. Also nichts wie hinein und schon nahm mich Papa und legte mich in den Stehständer. Es war schon komisch, dass er dies genau in dem Moment machte, als ich es gedacht hatte. Papa und mich scheint etwas Einzigartiges zu verbinden. Es war fast so, als würden wir uns aus einem früheren Leben kennen und nun endlich wieder zueinander gefunden haben. Kaum lag ich im Stehständer begann die Anpassung der Haltegurte. Insgesamt dauerte es schon etwas länger, als ich eigentlich wollte. Ich war ja nicht in dem Gerät, um zu liegen sondern zum Stehen. Die Gurte waren wirklich jetzt alle richtig angeordnet und ich war gut verpackt. Es fehlte noch der Tisch, der schnell aufgesteckt wurde und schon ging es langsam nach oben. Ich spürte, wie meine Füße und Beine schwerer wurden und sich mein Kopf aufrichtete. Ganz vorsichtig kam immer mehr Gewicht meines Körpers auf meine Füße und Beine. Nach kurzer Zeit war ich im Stand und konnte jetzt alles um mich herum viel besser wahrnehmen. So groß kannte ich das Wohnzimmer noch gar nicht. Auch die vielen Bilder an den Wänden waren mir teilweise noch völlig unbekannt. Ich wusste, dass mir das Stehen großen Spaß machen würde und war deshalb froh, dass ich noch etwas diese neue Erfahrung genießen konnte. Es war anders als damals beim Testen des Gerätes. Vielleicht lag es an der Farbe, die natürlich Rosa war, so wie Mama es gerne wollte. Es mussten fast immer typische Mädchenfarben sein. Mama brauchte das nach den drei Jungs sehr, endlich ihr Mädchen entsprechend auszustatten. Auch bei der Kleidung für mich suchte sie immer Mädchenfarben aus. Ich fand das richtig schön und wurde gerne so angezogen. Ich hatte in diesen Tagen richtig gute Laune und lachte schon früh am Morgen. Jetzt nahm ich immer mehr von der Außenwelt um mich herum wahr. Meine Brüder brachten ihren Anteil daran in meine Entwicklung ein. Manuel spielte immer gerne mit mir und nahm sich dafür auch viel Zeit. Er setzte sich oft zu mir an den Esstisch und ließ die Kugeln meine Bahn hinunter rollen, die ich zu Weihnachten geschenkt bekommen hatte. Alexander schmuste sehr gerne mit mir. Beide kamen wirklich oft zu mir und wollten einfach nur in meiner Nähe sein, dass ich nicht so alleine war, wenn Mama und Papa gerade etwas anderes machten. Sie konnten sich ja auch nicht ausschließlich nur um mich kümmern. Es gab noch so viele Dinge im Haushalt zu tun, die Mama zu erledigen hatte. Doch etwas Neues machte mir viel Freude. Mama gab mir einmal eine Zeitung, die sie auf den Tisch von meinem Therapiestuhl legte. Da waren so viele schöne bunte Bilder zu sehen, dass ich direkt meine Hand dazu brachte, die Zeitung anzufassen. Ich knisterte mit dem Papier, wenn ich meine Hand schloss. Normalerweise waren meine Hände noch ganz oft zur Faust geballt. Die Zeitung wollte ich aber unbedingt zerknittern und meine Hand öffnete sich, so dass ich die Zeitung damit umfassen konnte. Diese Geräusche, die das Papier machte, fand ich lustig und konnte mein Lachen nicht mehr unterdrücken. Mama war so froh über diese Entwicklung, dass sie eine Träne aus ihren Augen wischte. Sie glaubte, ich hätte es nicht mitbekommen, aber es war ganz deutlich zu erkennen. Es schien wirklich so zu sein, dass meine Eltern sich sehr veränderten. Sie freuten sich über Dinge, die für sie bisher, auch bei meinen Brüdern, einfach selbstverständlich waren. Greifen, Sitzen, Krabbeln und Laufen waren ja bei gesunden Kindern in einem gewissen Alter normal. Doch bei mir eben nicht und deshalb freuten sie sich über jeden Entwicklungsschritt von mir, obwohl es ja keine große Sache war. Sie lernten wohl durch mich, einem besonderen Kind, die wirklich wichtigen Dinge im Leben zu erkennen und sich darauf zu fokussieren. Ich war überglücklich, dass ich dies bereits erreicht hatte und ihnen damit eine große Freude bereiten konnte. Nun mussten wir aber auch mal wieder zum Kinderarzt. Es gab ja einiges zu besprechen für meine weiteren Therapien.

Bei dem Gespräch mit dem Kinderarzt verordnete er mir Logopädie. Vor allem wegen meinen Schluckbeschwerden meinte er, dass dies sehr sinnvoll sei. Ich erinnerte mich, dass ich als Baby auch schon hin und wieder Probleme beim Flasche trinken hatte und mich verschluckte. Sicher war es eine sinnvolle Sache, meine Therapie mit der Logopädie zu ergänzen. Auch die Ergotherapie wurde verordnet, so dass jetzt viele meiner Sinne zusätzlich angeregt werden konnten. Mama ging mit mir auch regelmäßig zur Osteopathie, was mir jedes Mal total gut gefiel. Ich war danach immer sehr entspannt und ausgeglichen. Jetzt war ich aber erst einmal richtig gespannt, was mich wohl bei der Logopädie und Ergotherapie erwarten würde. Sicher würde es mir viel Input liefern, der dann auch wieder verarbeitet werden musste. Das bedeutete im schlimmsten Fall wieder einige schlaflose Nächte. Das Jahr fing aber auch für Papa gut an. Er hatte endlich auch einen Platz für eine Psychotherapie gefunden. Jetzt ist er voller Hoffnung, dass dies ihm nun helfen konnte, alles zu verarbeiten, was ihn schon seit so langer Zeit belastete. Wichtig war für ihn besonders, dass er seine Einstellung zu vielen Dingen ändern konnte. Ich merkte schon oft, dass er sehr verbissen und deshalb auch sehr angespannt war, wenn er etwas gemacht hatte. Er musste gelassener werden und den Dingen ihren Lauf lassen. Man konnte nicht alles verändern oder beeinflussen. Dies zu erkennen und zu lernen, war immens notwendig für sein weiteres Leben und unser gemeinsames Leben als Familie. Aber ich war fest davon überzeugt, dass er es schaffen würde. Die Tage vergingen und wir hatten unseren ersten Termin bei der Logopädin. Sie machte sich zunächst ein Bild von mir und sprach sehr viel mit Papa über meine Schluckprobleme und was wir uns von der Behandlung erhofften. Natürlich war das Ziel neben dem besseren Schlucken, dass ich auch irgendwann vielleicht einmal sprechen würde. Bis dahin schien es jedoch noch ein langer Weg zu sein. Ich machte bisher keine Anstalten irgendwelche Töne von mir zu geben. Schreien und Meckern konnte ich natürlich, aber das war ja etwas ganz anderes als ansatzweise sprechen. Man merkte, dass ich in den letzten Tagen viel Neues erlebt hatte, denn ich schlief tatsächlich wieder sehr unruhig. Sicherlich lag es auch daran, dass ich wieder Zähne bekam. Die Therapeuten waren sich aber alle einig, dass ich wahrscheinlich im Schlaf die Erlebnisse des Tages verarbeitete und deshalb sehr oft aufwachte. Wenn ich einen aufregenden Tag hatte, wussten Mama und Papa schon, was in der Nacht auf uns zukommen würde.

Ein paar Tage später hatte Julian, mein ältester Bruder Geburtstag und wurde fünfzehn Jahre alt. Zur Feier des Tages hatte ich erst einmal ausgiebig mit ihm geschmust und ihm auf meine Weise mit einem ganz liebevollen Blick gratuliert. Bei ihm war ich sehr gerne auf dem Arm. Mama sagte immer, ich würde ihn anhimmeln. Ja tatsächlich, er war für mich etwas ganz Besonderes. Ich mochte seine ruhige und ausgeglichene Art. In seinem Arm konnte ich mich fallen lassen. Leider hatte er nicht so oft Interesse daran, mich zu nehmen. Aber er war ja auch mitten in der Pubertät und da haben die Kinder ja auch ganz andere Sachen zu tun, als sich mit ihrer kleinen

Schwester zu beschäftigen. Ich war ihm ja deshalb auch gar nicht böse. Mir ging es sowieso im Moment ziemlich gut. So viel wie in den letzten Tagen habe ich noch nie gelacht. Und auf einmal fing ich sogar an ein bisschen zu babbeln. Natürlich waren das keine Laute, die man als Wörter erkennen konnte, aber ich gab Töne von mir und das freute natürlich Mama und Papa sehr. Sie hatten so sehr gehofft, dass dies einmal eintreten würde. Das neue Jahr war aber auch wieder Zeit für Kontrolluntersuchungen. Als nächsten mussten wir ins Sozialpädiatrische Zentrum. Einmal im halben Jahr werden wir dorthin eingeladen, um meine Entwicklung zu überprüfen und möglicherweise unklare Dinge zu besprechen oder weitere Untersuchungen und Behandlungen durchzuführen. Wie jedes Mal wurde ich natürlich erst gemessen und gewogen. Mama war auch immer ganz gespannt auf die neuen Werte. Sie wollte immer wissen, wie viel ich gewachsen war. Nach dem Wiegen stand fest, dass ich ganz gut zugenommen hatte, seit der letzten Untersuchung. Ich wog knapp acht Kilogramm. Das war wichtig zu wissen für meine Eltern und die Ärzte, weil es zeigte, dass ich genug Nahrung zu mir nahm. Mama hatte von anderen Eltern von betroffenen Kindern gehört, dass dies oftmals ein Problem sei. Am schwierigsten war jedoch fast immer die Flüssigkeitsaufnahme. Das war bei mir nicht anders. Meine Eltern mussten mir das Trinken regelrecht einflößen. Meistens ließ ich es aus dem Mund aber direkt wieder raus laufen. Mein Mundschluss war noch ziemlich schlecht und der Speichel lief mir den ganzen Tag aus dem Mund, so dass Mama mich mehrmals am Tag umziehen musste. Die Lätzchen halfen da auch überhaupt nicht. Sie waren nach kurzer Zeit total durchnässt. Die Größe, die bei der Untersuchung gemessen wurde, war in Ordnung. Ich war auch ziemlich gewachsen und jetzt ungefähr einundachtzig Zentimeter groß. Wie wir es schon erwartet hatten, wurde auch der Kopf erneut gemessen und war noch immer viel zu klein für mein Alter. Mit gerade mal neununddreißig Zentimeter lag er deutlich unter der Norm. Beim Vergleich mit den Kurven lag ich bei der Größe fast auf der mittleren Perzentile während das Gewicht und die Kopfgröße unterhalb der untersten Perzentile lagen. Meine motorische Entwicklung war nahezu unverändert. Zur geistigen Entwicklung war es noch zu früh, etwas sagen zu können. Die Ärztin hatte uns empfohlen, die Therapien wie bisher weiter zu führen und begrüßte es, dass wir nun auch Logopädie und Ergotherapie begonnen hatten. Nach gut einer Stunde waren wir fertig und konnten wieder nach Hause fahren. Diese ständigen Arzttermine könnten langsam wirklich mal nachlassen. Papa sagte mir aber immer, dass sie wichtig seien und deshalb war es schon in Ordnung, auch wenn ich lieber nicht immer so oft hätte hingehen müssen. Zuhause habe ich am Abend dann mal ausgiebig mit Manuel geschmust. Das machte wie immer so großen Spaß, dass ich überhaupt nicht ins Bett gehen wollte. Ich freute mich schon auf die nächsten Tage. Bald sollte auch mein erster Termin bei der Ergotherapie sein. So richtig vorstellen, was mich dort erwarten würde, konnte ich mir nicht. Meine Spannung stieg mit jedem Tag, der bis dahin verging. Irgendwie war das wohl auch in der letzten Nacht vor dem ersten Termin bei der Ergotherapie der Grund, dass ich ab vier Uhr nachts nicht mehr schlafen wollte und direkt Mama und Papa geweckt habe. Ich hatte eine tolle Möglichkeit gefunden, ihnen zu sagen, dass ich wach geworden war. Erst fing ich an, leise vor mich hin zu singen. Mama sagte das immer, weil es sich wirklich so anhörte, als würde ich ein Lied singen. Eigentlich waren es einfach nur ein paar Geräusche in unterschiedlichen Tonlagen. Aber es muss sich schön angehört haben, sonst hätte Mama so was ja nicht gesagt. Nach dem Gesang folgte dann immer lauter werdendes Schreien. Spätestens dadurch waren die Beiden dann auch wach. Meine Brüder bekamen wie immer davon nichts mit, obwohl ihr Zimmer ja direkt neben meinem war. Wenigstens hatten die beiden einen tiefen Schlaf. Papa konnte wohl auch nicht mehr schlafen und ist dann um vier Uhr mit mir aufgestanden und hat mir eine Flasche Milch gegeben, die ich restlos ausgetrunken hatte. Papa zog mich dann auch direkt schon um. Was sollte ich auch im Schlafanzug bleiben, wenn nachher noch ein Termin anstand. Zuerst fuhren wir Manuel in die Schule und Alexander in den Kindergarten. Als meine Brüder abgeliefert waren, fuhren wir zur Ergotherapie. Wir gingen in die Praxis und lernten zunächst die Ergotherapeutin kennen. Mein Blick galt natürlich mal wieder den vielen hellen Lampen, die in dem Raum an der Decke hingen. Die ganzen Spielsachen in den Schränken habe ich überhaupt nicht wahrgenommen. Das helle Licht faszinierte mich und ich konnte meinen Blick auch nicht davon trennen, als mich die Therapeutin auf eine Matte legte, um sich anzuschauen, wie ich auf bestimmte Sachen reagierte und wie mein Entwicklungsstand diesbezüglich war. Klar war das schwer bei den hellen Lampen aber zwischendurch versuchte ich doch mitzumachen. Die Stunde war schnell vorbei und ich versuchte, das erlebte noch einmal in meinem Kopf zu verarbeiten. Ich wollte ja nicht die ganze Zeit nur das Licht der Lampen im Gedächtnis behalten. Für Papa sah es wohl so aus, als hätte mich das alles überhaupt nicht interessiert, was die Therapeutin mit mir gemacht hatte. Das lag wahrscheinlich daran, dass ich erst alles nach und nach verarbeiten musste. Der Tag hatte es wirklich in sich. Am Nachmittag mussten wir noch zum Arzt, um meine Ohren kontrollieren zu lassen. Seit meiner Geburt war es nicht möglich gewesen, einen Test vollständig zu machen. Diesmal musste es einfach klappen. Mama und Papa wollten doch nun endlich mal wissen, ob meine Ohren in Ordnung waren. Sie hatten schon das Gefühl, dass ich alles mitbekam und auch eigentlich gut hören konnte. Doch jetzt sollte es endlich auch mal von einem Arzt bestätigt werden. Nachdem, was ich schon alles erlebt hatte in meinem bisher kurzen Leben, war der Hörtest ja wirklich ein Spaß. Ich bekam viele kleine Aufkleber auf den Kopf geklebt und einen großen Kopfhörer auf die Ohren. Der war so groß, dass mein kleiner Kopf fast komplett davon bedeckt war. Und weil er auch noch rutschte, musste ihn Papa auf meinem Kopf festhalten während der Untersuchung. Zum Glück dauerte es nur fünfzehn Minuten bis alles wieder vorbei war. Nach kurzer Wartezeit kam der Arzt und überbrachte uns die gute Nachricht, dass er keine Auffälligkeiten feststellen konnte. Wie natürlich mein Gehirn die Impulse aus dem Ohr verarbeiten würde, das konnte er auch nicht sagen und das müsste man abwarten. Solange ich aber auf Geräusche und Stimmen reagierte, sollten wir uns keine Sorgen machen. Na, wenn das mal nicht eine gute Nachricht war. Wir wussten jetzt also, dass meine Ohren und meine Augen unauffällig waren. Beim Augenarzt waren wir schon vor einiger Zeit und er hatte auch nichts zu bemängeln. Die Therapie und die Untersuchung beim Ohrenarzt haben mich an diesem Tag ziemlich müde gemacht und ich war froh, dass ich an diesem Abend früh ins Bett gebracht wurde und schlief auch sofort ein. Schnell war ich wieder in meiner Traumwelt angekommen. Ich sprang über eine saftig grüne Wiese, die in einem Blütenmeer endete. Die Blumen hatten die schönsten Farben und Formen. Ich konnte schon von weit her den Duft riechen. Ich wollte unbedingt dort hin und mich mitten hinein setzen. Ich wollte mich fallen lassen und meinen Körper spüren. Schnell lief ich zur Blumenwiese hin und warf mich hinein. Die Blüten kitzelten mich im Gesicht. Es war ein unbeschreibliches Gefühl, meinen Körper so intensiv zu spüren. Es war ganz anders als in der Realität, obwohl ich auch da meinen Körper spüren konnte. Aber eben anders. Nicht in dieser Freiheit des Seins. In diesem Traum verbrachte ich den Rest der Nacht, bis ich am Morgen aufwachte und wieder in meinem Bettchen lag. Ich wusste nun, dass ich viele Dinge des Lebens mehr bewusst wahrnehmen musste. Sie waren einfach zu schön, um sie an mir vorbeigehen zu lassen. Ich musste aufmerksamer werden und dies vor allem auch meinen Eltern und Geschwistern zeigen. Vieles, was ich heute schon erlebte und verstand, konnte ich ihnen nicht zeigen. Ich wusste, dass ich das nun ändern wollte. Besonders aufmerksam war ich bei Musik. Sie gab mir Entspannung und Ausgeglichenheit. Ich hörte auch oft abends im Bett noch ein paar Lieder vor dem Einschlafen.

Die Prognose für meine Entwicklung war ungewiss. Ob ich jemals alles sitzen oder sogar laufen könnte, war nicht vorhersehbar. Mit zunehmendem Alter und Gewicht würde es immer schwieriger werden, mich vernünftig zu transportieren. Es war ja auch geplant, dass ich im kommenden Jahr in den Kindergarten gehen würde. Der Transport dorthin und wieder nach Hause musste sichergestellt sein. Gemeinsame Ausflüge mit der ganzen Familie waren schon lange nicht mehr möglich, da wir im Auto alle keinen Platz hatten. Das Auto, das wir bisher nutzten, war ein Leasingfahrzeug, was bald zurückgegeben werden musste. Durch unsere finanzielle Misere war es unmöglich einen Kredit oder ähnliches für ein neues Auto zu bekommen. Wichtig war vor allem, dass es auch genug Platz für alle sechs Familienmitglieder und für meinen Rehabuggy oder Rollstuhl haben müsste. Es schien ziemlich aussichtslos, dass ich mit meiner Familie weiterhin mobil sein könnte. Papa dachte unglaublich viel darüber nach, wie das hinzubekommen wäre. Es fiel im dann wieder etwas ein. Von einer Freundin hatten wir schon vor einiger Zeit erfahren, dass man durch Spendengelder ein Fahrzeug mit behindertengerechtem Umbau finanzieren kann. Eine andere Möglichkeit gab es nicht, was uns auch unser zuständiger Berater sagte, nachdem wir ihm unsere Situation geschildert hatten. Wir wurden dafür Mitglied in einem Verein, der sich vor allem um die Unterstützung bei der Beschaffung von behindertengerechten Fahrzeugen kümmert. Mama und Papa waren sehr froh, dass sie diese Hilfe hatten, denn es gab jede Menge zu beantragen und zu beachten. Am Wichtigsten war es zunächst, ein entsprechendes Auto auszusuchen, das ausreichend Platz bot. Durch die Empfehlung unseres Beraters fiel die Entscheidung auf ein Fahrzeug mit sechs vollwertigen Sitzen und genug Platz für den

Rollstuhltransport. Auch die Umbaumaßname musste im Vorfeld schon geplant und kalkuliert werden. Sobald alle Unterlagen zusammen waren, schrieben Mama und Papa Stiftungen an und reichten die Papiere dort ein. Der Umbau wurde beim Sozialamt beantragt, das für die Leistungen zur Teilhabe am Leben in der Gemeinschaft von behinderten Menschen zuständig ist. Papa hatte sogar den Bürgermeister unserer Stadt angeschrieben um zu fragen, ob er die Aktion „Mobilität für Katharina“ unterstützen würde. Kurze Zeit später erhielten wir die Information, dass im Rahmen einer Veranstaltung in unserer Heimatstadt ein Benefizlauf stattfinden sollte, dessen Erlös meiner Aktion zugute käme. Wir waren einige Zeit vor dem Lauf beim Bürgermeister eingeladen, weil er uns natürlich kennenlernen wollte. Besonders ich stand wieder im Mittelpunkt des Treffens. Sogar das Radio hatte Interesse daran, von dem Benefizlauf zu berichten und etwas über mich zu erzählen. Ein lokaler Radiosender kam zu uns nach Hause und machte ein Interview mit meinen Eltern und natürlich auch ein paar Fotos von mir. Die Aktion zur Beschaffung des Fahrzeuges wurde vom CASK Kinder- und Lebenshilfe e. V. unterstützt und die eingehenden Spendengelder dafür verwaltet. Neben den Stiftungen war es notwendig, auch direkt einen Teil der benötigten Mittel für das Auto durch Spenden zusammen zu bekommen. Meine Eltern hatten dazu schon ein paar sehr gute Ideen. Immer mehr Menschen erfuhren von unserem Spendenaufruf für das

Auto und beteiligten sich mit unterschiedlichen Beträgen daran. Es war unglaublich, welche Hilfe wir auf einmal von fremden Menschen bekamen, die uns plötzlich näher zu sein schienen als die eigene Familie. Einerseits war das sehr traurig und doch wieder schön. Es gab sie also doch, die Menschen mit Herz in unserer Gesellschaft.

Das Training mit Sam war nun in die dritte Phase der Blockausbildung gekommen. Nach einer Woche, also dem dritten Block, kam er wieder zu uns. Wir hatten uns schon darauf vorbereitet, das Training mit ihm konsequent weiter zu führen und warteten ganz gespannt auf die Anweisungen des Hundetrainers, was wir besonders üben sollten und worauf es zu achten galt. Mama holte Sam am vereinbarten Treffpunkt ab. Anweisungen gab es überhaupt keine neuen und wie die Blockausbildung weitergehen sollte, erfuhr sie ebenfalls nicht. Jetzt war er erst einmal wieder bei uns. Sam kam jetzt so langsam in ein Alter, in dem er immer mehr aufdrehte und seinen eigenen Kopf bekam. Er wurde sehr aktiv und war kaum zu bändigen. Mein Bruder Alexander und Sam spielten viel miteinander, wodurch die beiden sich immer mehr hoch schaukelten. Es war manchmal schon ein richtiges Chaos. Auch mir gegenüber wurde er immer stürmischer. Die Vorsicht, die er mir bisher entgegen brachte, war plötzlich einfach weg. Er sprang an mir hoch, wenn ich im Therapiestuhl saß. Er knabberte immer wieder an meinen Händen und zog an meinen

Haaren, wenn ich auf dem Boden lag. Es schien fast so, als würde er auf einmal keine Grenzen mehr kennen, was noch vor ein paar Wochen gut funktionierte. Die Aufmerksamkeit, die Mama und Papa ihm entgegen bringen mussten, war so hoch, dass sie für meine Brüder und mich weniger Zeit hatten. Mama wollte unbedingt, dass die Ausbildung weiter fortgesetzt und die damals versprochene Entlastung auch tatsächlich eintreten würde. Doch Sam war insgesamt fünf Wochen lang bei uns, ohne dass wir vom Trainer etwas hörten. So konnte es nicht weitergehen. Wiederholt versuchten meine Eltern, dass eine klare Linie für die Ausbildung von Sam gefunden würde. Erst nach einem Gespräch bei uns, wurde das Training weiter geführt. Allerdings nicht mehr außerhalb, sondern bei uns. Mama und Papa hatten gehofft, dass die Ausbildung wie geplant ablaufen würde, da sie durch mich und meine Brüder, aber auch durch die gesundheitliche Situation von beiden, nicht auch noch Zeit hatten, einen Welpen zu erziehen. Oft dachte Mama, dass es wohl doch besser gewesen wäre, einen etwas älteren Hund zu holen, der bereits die wichtigsten Kommandos kannte und die schwierige Zeit bereits hinter sich hatte. Ändern konnte wir es jetzt nicht mehr und musste schauen, dass nun die Ausbildung strukturierte ablaufen würde und Mama und Papa mehr integriert würden.

In den letzten Tagen vermisste ich Jonathan sehr. Es fiel mir schwer, mich an ihn zu erinnern. So lange hatte ich ihn nun schon nicht mehr gesehen. Ich war traurig, dass er nicht mehr mit mir sprach. Ich suchte ihn immer wieder, versuchte mit ihm Kontakt aufzunehmen, doch ich schaffte es einfach nicht. Ich wusste aber, dass ich ihn schon bald wieder in meiner Nähe haben würde. Ich konnte darauf warten. Ablenkung hatte ich ja wirklich genug. Denn jetzt waren meine Orthesen an der Reihe, die ich unbedingt für das Stehen brauchte. Dafür musste zunächst ein Gipsabdruck von meinen Füßen angefertigt werden. Vom Sanitätshaus kamen zwei Frauen zu mir nach Hause. Für den Gipsabdruck musste ich meine Strümpfe ausziehen. Mama half mir natürlich dabei. Alleine ging das überhaupt nicht. Ich sah gleich, dass ich meinen Spaß haben würde. Das war vielleicht für eine Schweinerei mit dem ganzen Gips. Es fühlte sich komisch an und war zugleich lustig, den Gips an meinen Füßen zu spüren. Das halbe Wohnzimmer war mit einer großen weißen Plane abgedeckt. Ich saß in meinem Therapiestuhl mittendrin und überragte die Köpfe der beiden Frauen. Mama sagte, es wäre ein witziges Bild gewesen, wie ich über den beiden saß und dabei zuschaute, was sie an meinen Füßen anstellten. Als der Abdruck für beide Füße genommen war und passte, war auch alles schon wieder vorbei. Jetzt musste ich nur noch ein paar Wochen warten, bis die Orthesen fertig wären und ich sie anziehen konnte. Ich war sehr froh, denn

Mama beschäftigte sich im Moment sehr viel mit mir. Nachdem die beiden Frauen gegangen waren, las sie mir aus meinem Lieblingsmärchenbuch vor. Ich mochte besonders gerne Dornröschen. Mama sagte immer, dass irgendwann einmal auch ein Prinz zu mir kommen und mich aus meinem langen Schlaf erwecken würde. Der Gedanke gefiel mir sehr. Ich wusste ja, dass es eigentlich nur mein Körper war, der schlief. Mama wusste das natürlich nicht. Ich lauschte ihren Worten, mit denen sie mir aus dem Buch vorgelesen hatte. Es war wunderschön ihr zu zuhören. Ich liebte dieses Märchen so sehr. Immer und immer wieder hätte ich es hören können. Ein paar Tage später folgte wieder die Ergotherapie, die ich inzwischen wöchentlich hatte. Ich zeigte immer mehr Reaktionen in der Therapie und schaute mich dieses Mal sehr genau im ganzen Therapiezimmer um. Es war so toll, wie viele Spielsachen es dort gab. An der Wand hing auch ein großer Spiegel, in dem ich mich selbst sehen konnte. Ich habe mich zwar schon oft gesehen, wenn ich in meinen Träumen umher gelaufen bin, doch diesmal war es ja in der richtigen Welt. Es fühlte sich schon etwas seltsam an, sein Spiegelbild vor sich zu sehen, das alles das machte, was ich auch in diesem Augenblick tat. Die Therapeutin hatte für heute etwas Besonderes für mich geplant. Mitten im Raum hing eine große Hängematte. Ich war total neugierig, was es wohl damit auf sich hatte, denn ich hatte so etwas noch nie gesehen. Papa sagte ganz nebenbei, dass es eine Hängematte sei und deshalb wusste ich es. Aber wie es funktionierte, würde ich ja gleich erfahren. Ich wurde in die Hängematte hineingelegt und die Therapeutin begann langsam mit dem Schaukeln. Hin und her, immer wieder. Der Wind, der dabei entstand, berührte meine Haare und mein Gesicht. Ich schloss meine Augen und genoss dieses Gefühl, fast schwerelos zu sein. Das hätte noch stundenlang so weitergehen können. Es war unglaublich schön. Mein Kopf neigte sich beim Schaukeln immer wieder leicht nach rechts und links. Ich versuchte, die Bewegungen nachzumachen. Das geschah vielmehr unbewusst, als das ich es aktiv machte. Aber es war eine gute Reaktion meines Körpers auf das Schaukeln. Ich konnte etwa die Hälfte der Therapiestunde ganz gemütlich schaukeln. Eigentlich wollte ich überhaupt nicht mehr aus der Hängematte raus. Leider geht auch die schönste Therapiestunde einmal zu Ende. Ich hatte diesmal wirklich viel mit heim genommen. Mein Körper wurde durch das Schaukeln ins seiner Wahrnehmung sehr gestärkt. Hoffentlich könnte ich das bald mal wieder machen. Insgesamt wurde ich ohnehin viel wacher. Ich nahm viel mehr auf und beobachtete viel in meiner Umgebung. In den letzten Wochen hatte ich auch meine Vorliebe für das Fernsehen entdeckt. Es gab ein paar Kindersendungen, die ich wirklich toll fand. Mama beobachtete mich manchmal dabei, wie ich lachte, wenn etwas lustiges passierte. Das fand sie dann so schön, dass sie mitlachen musste. Am liebsten mochte ich die

Sendungen, in denen Handpuppen gespielt wurden. Die waren so lustig, dass ich voller Aufmerksamkeit vor dem Fernseher saß. Natürlich hatte Mama immer dafür gesorgt, dass ich nicht zu viel geschaut habe. Während ich so da gesessen hatte, entdeckte Sam seine Vorliebe für meine Strümpfe, immer wieder vom Fuß zog. Papa war nur noch hinterher, mir die Strümpfe wieder anzuziehen. Ich fand das manchmal schon ziemlich lustig, wenn es an meinen Füßen so kitzelte. Aber es gab klare Regeln für Sam. Beim Essen musste er immer in seinem Körbchen bleiben, da er nicht am Tisch zwischen den Füßen umherlaufen und betteln sollte. Wenn ich gefüttert wurde, musste er schon ziemlich lange aushalten, da es meistens richtig lange dauerte, bis ich fertig war. Manchmal funktionierte das ganz gut. In der Regel jedoch nicht. Papa hatte teilweise schon ziemlich dünne Nerven, wenn er alle dreißig Sekunden aufstehen und Sam wieder auf seinen Platz schicken musste. Es war schon echt schwer mit seiner Erziehung so ganz ohne professionelle Hilfe. Immerhin sollte es sich ja um mich drehen, wenn ich gefüttert werde und nicht um Sam. Manuel machte mir einmal nach dem Essen noch eine kleine Freude und gab mir eine Sonnenbrille, die er mir unbedingt direkt aufsetzen musste. Er liebte es, solche Dinge mit mir zu machen. Und es hat mir tatsächlich auch Spaß gemacht.

Papa hatte es doch tatsächlich geschafft, dass wir zusammen einen Termin bei der Bundestagsabgeordneten unseres Wahlkreises bekamen, um ihr über mich und natürlich auch über den Verein zu erzählen. Es half Papa immer bei der Verarbeitung, wenn er über mich erzählen konnte. Wir hatten ein sehr nettes Gespräch und sie sagte uns weitere Unterstützung zu. Papa lud sie auch zum Benefizlauf ein. Sie wollte auf jeden Fall versuchen zu kommen. Bis dahin waren es nur noch knapp sechs Wochen. Es wurden durch die Stadtverwaltung und die Vereine, die die Veranstaltung austragen, Plakate gedruckt, auf denen auch für den Benefizlauf zu meinen Gunsten geworben wurde. Mama war total begeistert darüber und konnte es gar nicht fassen, dass sogar in den

Zeitungen dazu aufgerufen wurde. Mittlerweile kannte man bestimmt meinen Namen in unserer Stadt. Hin und wieder wurde ich sogar erkannt und man sprach uns auf der Straße an. Wir freuten uns alle sehr auf den Benefizlauf und waren sehr gespannt, wie viele Läufer sich beteiligen würden. Leider erwischte mich gerade jetzt auch noch eine Erkältung mit Fieber und Husten. Das konnte ich ja nun mal überhaupt nicht brauchen. Immerhin war gerade Ostern und ich wollte so gerne mit nach draußen, wenn meine Brüder ihre Osterhasen und Ostereier suchten. Vielleicht hätte der Osterhase ja auch für mich irgendwo etwas versteckt. Das Wetter spielte gar nicht mit und der Osterhase musste seine Sachen im Haus verstecken. Es wäre sonst alles ziemlich nass geworden und das wäre gerade für meine Erkältung gar nicht gut gewesen. Jetzt saß ich im Wohnzimmer in meinem Therapiestuhl und schaute meinen Brüdern dabei zu, wie sie ihre Ostereier suchten. Manuel fand sogar einen kleinen Osterkorb für mich. Es war meine Lieblingsschokolade darin, die Mama mir auch gleich zu essen gab. Während der Feiertage fand keine Therapie statt. So hatte ich mal ein bisschen Pause, um das bisher gelernte zu verarbeiten. Solche Pausen sind einfach Gold wert. Meistens konnte ich dann etwas von dem umsetzen, was ich vorher in den Therapien aufgenommen hatte. Es lag mir doch so sehr am Herzen, endlich einmal meinen Eltern und Geschwistern zu zeigen und vielleicht sogar zu sagen, dass es wirklich nicht schlimm war, was ich hatte und ich alles verstand und wahrnehmen konnte, was um mich herum geschah. Ich merkte aber wieder einmal, dass es noch nicht soweit war und ich weiter warten musste auf diesen Moment. Aber er konnte nicht mehr allzu weit weg sein. Ich begann nämlich die Geräusche und Töne, die aus meinem Mund kamen, etwas zu verbessern. Manchmal konnte man fast denken, ich hätte irgendein Wort gesagt. Es hörte sich immer mehr nach „Mama“ und „Papa“ an. Ich musste vielleicht nur ein bisschen mehr üben und dann würde sich Mama bestimmt sehr freuen, wenn ich sie mal rufen würde. Mit etwas Geduld könnte ich es schaffen.

Mama war ein totaler Fan von Facebook und hatte die Idee, für mich auch dort eine eigene Seite zu erstellen. Neben meiner Internetseite wollte sie unsere Geschichte darauf erzählen und die Menschen draußen in der Welt an meinem Leben teilhaben lassen. Sie beschrieb darin auch unsere geplante Autobeschaffung und fügte die Spendenaktion bei. Es war enorm, wie viele Menschen sich meldeten und sich beteiligen wollten. Wir haben darüber so viele neue Freunde und Menschen gefunden, die einfach mit lieben Worten oder Spenden halfen, uns in unserer Situation zu unterstützen. An manchen Tagen war es alles sehr schwer und die Diagnose holte meine Eltern wieder ein. Gerade dann war es unheimlich schön, nette Worte von so vielen tollen Leuten zu lesen. Manche Besucher meiner Seite hatten sogar ganz tolle Ideen, mit welchen Aktionen wir weitere Gelder für das Auto bekommen könnten und setzten sie teilweise sogar direkt um. Mit einer solch großen Resonanz hatte Mama gar nicht gerechnet, als sie die Seite ins Leben gerufen hatte. Mit neuer Kraft und dem tollen Wetter, das uns endlich den lang ersehnten Sonnenschein brachte, genossen wir jede freie Minuten draußen im Garten. Nur wenige Minuten von unserem Haus entfernt war ein Spielplatz, den meine Brüder sehr gerne mochten. Wir gingen oft dorthin und ich schaute meinen Brüdern dabei zu, wie sie rutschten, schaukelten und kletterten. Es war toll zu sehen, wie glücklich sie in diesen Augenblicken waren. Ich wurde dabei allerdings oft traurig, weil ich nicht mit ihnen spielen konnte. Ab und zu schaukelten Mama oder Papa mit mir, indem sie mich auf ihrem Schoß hielten. Es fehlte mir aber, so ausgelassen umher zu rennen, wie ich es in meinem Traum auf der Wiese bei den Blumen konnte. Mein Geist und mein Körper waren noch immer zu weit voneinander entfernt und es war mir nicht möglich beides zu vereinen. Irgendwann würde es mir gelingen, das wusste ich. Aber es fiel mir immer schwerer darauf zu warten. Aufgeben kam für mich aber nicht in Frage. Ich kämpfte weiter. Es würde sich auszahlen, da war ich ganz sicher. Mit der Unterstützung von meinen Eltern, Geschwistern und den vielen Menschen, die ich kennenlernen durfte in den letzten Wochen, würde mir vieles gelingen, woran vielleicht noch niemand glauben konnte. Inzwischen zog die

Spendenaktion für das behindertengerechte Auto immer weitere Kreise. Sogar ein Fußballverein aus der dritten Liga aus unserer Nachbarstadt beteiligte sich und spendete ein Trikot und einen Ball, die alle Spieler unterschrieben hatten, für eine Benefizversteigerung. An einem Nachmittag waren wir sogar zum Training eingeladen und konnten Fotos von mir und der Mannschaft machen. Papa freute sich sehr, dass nur wenig später sogar in der Presse darüber berichtet wurde. Wieder einmal schaffte ich es in die Zeitungen unserer Region. Einige druckten sogar das Foto von mir mit der Mannschaft ab. Jetzt ging es Schlag auf Schlag und die Ereignisse folgten direkt aufeinander. Eine Woche später fand der Benefizlauf in unserer Heimatstadt statt, bei dem wir natürlich auch alle dort waren. Mein Bruder Julian lief sogar für mich mit. Er schlug sich super und hielt die ganze Strecke tapfer durch. Ich war unendlich stolz auf ihn, dass er das für mich machte. Das Wetter spielte mit und es nahmen viele Läufer teil. Unsere Bundestagsabgeordnete gab den Startschuss, worüber ich mich sehr freute. Sie hatte es tatsächlich geschafft, zu kommen. Es war eine tolle Veranstaltung und wir hatten viel Spaß.

Für den jetzt anstehenden Muttertag hätte ich Mama gerne auch etwas gebastelt, so wie meine Brüder es machten. Papa versuchte zwar, mit mir gemeinsam ein Bild für Mama zu malen, aber das Festhalten der Stifte war gar nicht so einfach. Wir haben es dann nach einigen Minuten aufgegeben. Auf dem Blatt war nur ein wildes Gekritzel, aus dem überhaupt nichts zu erkennen war. Nun ja, Picasso ist ja auch nicht vom Himmel gefallen. Wobei, genau genommen war ich es ja, die vom Himmel gefallen ist. Immerhin war ich ja mal ein leuchtender Stern bevor ich bei Mama im Bauch landete. Natürlich wurde Mama an ihrem Ehrentag von meinen Brüdern und Papa verwöhnt. Erst machten sie ein leckeres Frühstück und gaben Mama ihre Geschenke. Sie war auch gar nicht enttäuscht, dass ich noch kein Geschenk für sie machen konnte. Für mich stand fest, dass ich es bis zum nächsten Muttertag sicher können würde. Gerne hätte ich Mama auch gesagt, wie sehr ich sie lieb habe und dass ich sehr froh war, dass sie als meine Mutter ausgewählt wurde. Aber auch das konnte ich leider noch nicht. Wieder war es so ein Moment in meinem noch jungen Leben, in dem ich es hasste, anders zu sein! Gleich zwei Tage später ging es genauso weiter. Papa hatte Geburtstag und auch hier konnte ich wieder einmal nur mit meinem Lächeln gratulieren. Papa drückte mich ganz fest an sich und ich wusste, dass ich ihm damit eine große Freude machte. Ich nahm mir trotzdem vor, weiter daran zu arbeiten, dass ich irgendwann sprechen könnte. Das war mein allergrößter Wunsch. In den nächsten Tagen war plötzlich irgendetwas ganz anders denn ich sprudelte gerade zu aus mir heraus. Es waren zwar noch immer keine wirklichen Wörter zu erkennen, doch es wurde von Woche zu

Woche immer besser. Mama und Papa hatten zuletzt ganz schön viel Stress. Ich spürte, wie sie etwas bedrückte. Manchmal sprachen sie sehr laut miteinander und dann mal wieder kein einziges Wort. Zuerst dachte ich, dass es an mir gelegen hätte und sie wieder einmal Probleme mit meiner Besonderheit hätten. Zum Glück merkte ich bald, dass es nicht wegen mir war. Ich war so etwas von erleichtert. Es ging aber bei den Diskussionen mal wieder um das Training von Sam. Das entwickelte sich langsam zu einer nicht enden wollenden Geschichte. Immer und immer wieder gab es Diskussionen mit dem Trainer aber auch zwischen Mama und Papa deswegen. Es lief alles andere als rund. In den letzten Wochen fand das Training nur sporadisch statt und brachte kaum neue Erkenntnisse. Papa hatte große Probleme mit seinem Kreuz bekommen und es wurde sogar ein Bandscheibenvorfall vermutet. Der Transport von Sam war nun überhaupt nicht mehr durch uns möglich. Es musste nun wirklich etwas passieren, dass diese belastende Situation aufhören konnte. Natürlich merkte es wohl auch Sam, dass alles etwas unstrukturiert war und es mit ihm zu tun hatte. Mama bekam durch die Veränderungen von Sam, der immer schlimmer wurde in seinem Wesen, große Probleme ihn so zu akzeptieren. Die fehlende Unterstützung durch den Hundetrainer trug das übrige dazu bei, dass sie nur noch genervt war. Alle Gespräche, die sie führten, brachten keine Ergebnisse. Papa wollte letztendlich mit dem Trainer eine neue Vereinbarung für die Ausbildung treffen, die vorsah, dass das Training ausschließlich bei uns stattfinden sollte und wöchentlich nur zwei Tage durchgeführt würden. Es war die einzige Möglichkeit, das Training in der derzeitigen Situation weiter fortführen zu können. Auf diesen Vorschlag hin folgte eine Kündigung des Trainers. Unter den geänderten Rahmenbedingungen war eine weitere zielführende Ausbildung von Sam nicht möglich. Jetzt standen wir also so richtig im Regen. Neben meiner Krankheit, meinen immer streitenden Brüdern, der Erkrankung von Papa und der Erschöpfung von Mama mussten sie jetzt also auch noch alleine mit der Erziehung von Sam klar kommen. Wie das alles funktionieren sollte, wussten sie offensichtlich auch nicht. Jetzt mussten sie erst einmal in aller Ruhe nachdenken und nach Alternativen Ausschau halten. Es war für beide klar, dass eine neue Ausbildung nur vor Ort stattfinden konnte. Nun war erst einmal Warten angesagt und viel Geduld. Es stellte sich heraus, dass es gar nicht so einfach war, eine Alternative vor Ort zu finden. Mittlerweile war das Wetter jetzt endlich besser geworden und der Regen der letzten Wochen dem Sonnenschein gewichen. Wir konnten jetzt wieder viel Zeit im Garten verbringen. Ich hatte das Gefühl, dass es mir seitdem auch insgesamt besser ging. Dieses Dauergrau mit dem vielen Regen war unerträglich geworden. Nur drinnen in der Wohnung sein, machte überhaupt keinen Spaß. Irgendwann waren auch die tollsten Dinge im Haus langweilig und ich brauchte etwas Abwechslung und neue Anregungen. Es wurde gleich in diesen Tagen ziemlich heiß. Meine Brüder tobten gerne im Planschbecken und ich machte es mir auf einer großen Decke gemütlich. Bei der Hitze ist es noch viel anstrengender, sich zu bewegen. Ich durfte sogar auch mal mit den Füßen ins Planschbecken und mich etwas abkühlen. Das hat so gut getan. Blöd war nur, dass ich eigentlich viel zu wenig getrunken hatte. Es war nicht einfach, mir immer wieder Trinken zu geben. Meistens versuchte ich es direkt wieder heraus zu spucken. Besonders großen Hunger hatte ich bei diesen Temperaturen auch nicht. Meine Eltern mussten sehr darauf achten, dass ich genug zu mir nahm, da ich sonst wohlmöglich ins Krankenhaus gemusst hätte. Mama lief mir ständig mit einer Flasche hinterher und probierte alle möglichen Getränke aus. Nichts hat mir richtig geschmeckt. Wasser wollte ich schon gar nicht. Geholfen hattest es trotzdem nicht, dass ich mich dagegen wehrte. Mama war in diesem Fall die Stärkere und dadurch blieb mir auch der Weg ins Krankenhaus erspart. Vor einiger Zeit hatten meine Eltern viele Stiftungen angeschrieben wegen einer Unterstützung für das behindertengerechte Fahrzeug. Jetzt kamen nach und nach die ersten Rückmeldungen. Es waren natürlich einige Absagen dabei, aber auch viele Zusagen. Die Hoffnung, dass wir das Ziel vielleicht bald erreichen würden, war auf einmal wieder da. Sie gab neuen Antrieb, weiter dafür zu kämpfen und nicht aufzugeben. Und das war auch wichtig, denn das Sozialamt beabsichtigte, den Antrag zur Übernahme der Kosten abzulehnen. Auch hier war noch ein langer Weg absehbar. Mit dem neu gewonnenen Zusammenhalt von Mama und Papa würden sie das aber gemeinsam schaffen. Da war ich mir absolut sicher.

Kapitel 12

Auf und ab

In meiner kleinen Welt gab es bislang viele Ereignisse, die manchmal nicht leicht oder nur schwer zu verstehen und akzeptieren waren. Immer wieder kamen schöne und weniger schöne Dinge hinzu. Manchmal traf es Mama besonders schwer. Sie kämpfte unheimlich viel mit sich selbst. Sie akzeptierte mich mittlerweile so, wie ich war, trauerte aber oft einem gesunden Mädchen nach, das sie leider nicht bekommen hatte. Es gab sogar Momente, in denen sie sich noch einmal ein Baby wünschte und es bereute, dass sie sich sterilisieren ließ. Ich gab ihr selbstverständlich jede Zeit, die sie brauchte, um mit mir ein großes Ganzes zu werden. Es war offensichtlich noch immer nicht so weit, auch wenn ich schon das oft Gefühl hatte. Je mehr ich darüber nachdachte, desto klarer wurde mir, dass es sich meistens um einen begrenzten Zeitraum handelte, in denen sie es offensichtlich schon verarbeitet hatte und mich mit meiner Besonderheit annehmen konnte. Seit einigen Tagen beobachtete Mama bei mir kurz nach dem Einschlafen ein seltsames Zucken im Körper. Manchmal war es nur auf einzelne Körperteile begrenzt und teilweise aber auch im ganzen Körper. An manchen Tagen war es so schlimm, dass ich davon immer wieder aufwachte. Mama machte es Angst, wenn sie dies sah. Sie hatte auch keine Idee, was man hätte tun können, um es zu unterdrücken oder wenigstens zu lindern, so dass ich nicht immer davon aufwachte. Erst die Physiotherapeutin meinte, Mama oder Papa sollten Druck auf meinen Körper ausüben, dass es mich nicht jedes Mal aus dem Schlaf reißen würde. Sie hatte es ebenfalls einmal bei mir gesehen, als ich direkt nach dem Training eingeschlafen war und probierte es gleich auch aus, ob der Druck auf den Körper half. Tatsächlich, es funktionierte gut und meine Eltern behielten es für die nächste Zeit erst einmal bei. Doch leider war dies nicht alles, was in gerade für große Unruhe sorgte. Es kam wieder einmal etwas hinzu, das für Mama und Papa wie ein Schlag ins Gesicht sein musste. Mit Papa war ich, wie jede Woche, bei der Ergotherapie. Während ich auf der Matte in leicht sitzender Haltung lag, spielte die Therapeutin mit mir und nannte immer wieder einen Teil meines Namens. Ich sollte den Kopf dann jeweils zu der Seite drehen, auf der sie es sagte. Ich muss sagen, dass das wirklich gut funktionierte. Ich hatte offensichtlich verstanden worum es ging und konnte meinem Körper die Impulse geben, meinen Kopf in die richtige Richtung zu drehen. Da war ich wirklich stolz auf mich. Ich spürte auch, wie es Papa und der Therapeutin genauso ging. Gerade, als wir mitten in dieser Übung waren, zog ich plötzlich meine Arme ganz fest an meinen Körper und drehte mich auf die rechte Seite. Meine Augen waren weit geöffnet und ich war auf einmal total abwesend. Was die beiden auch versuchten, ich reagierte nicht. Die

Therapeutin nahm mich auf den Arm und schaute mich an. Langsam kam ich wieder zu mir. Zwar noch etwas benebelt und durcheinander, aber wieder ansprechbar. Das Ganze dauerte rund ein bis zwei Minuten und ging ziemlich genauso schnell vorbei, wie es begonnen hatte. Papa war ziemlich erschrocken darüber, was gerade passierte. Die Therapeutin schaute ihn an und meinte nur: „Ich glaube Katharina hatte gerade einen Anfall!“. Sie hatte tatsächlich gesagt, ich hätte einen Anfall gehabt. Ich konnte es nicht glauben, was ich da hörte. Auch Papa war natürlich sehr verunsichert. Wirklich mitbekommen hatte ich von der ganzen Situation eigentlich gar nichts. Für einen kurzen Moment sah ich mich wieder auf der Blumenwiese liegen. Es war tatsächlich nur ganz kurz und dann war ich plötzlich im Arm der Therapeutin. Ich verstand überhaupt nicht diese ganze Aufregung. Irgendetwas musste aber passiert sein, doch ich erinnerte mich an nichts. An diesem Morgen war die Therapie deshalb etwas früher zu Ende. Wir fuhren nach Hause und erzählten Mama davon. Sie war total geschockt. Das war es, was sie immer hoffte, dass es nie eintreten würde. Fassungslosigkeit machte sich in ihr breit. Gleichzeitig verspürte sie große Angst. So sehr sie sich auch auf einen solchen Moment gedanklich vorbereitete, so sehr traf es sie in diesem Augenblick. Es musste jetzt gründlich untersucht werden, ob es tatsächlich ein Anfall war. Um es vielleicht etwas eingrenzen zu können, machten meine Eltern einen Termin beim SPZ für eine EEG-

Untersuchung, bei der die Hirnströme gemessen werden sollten. Mein Kinderarzt stellte eine Notfall-Überweisung aus, so dass wir nicht besonders lange auf einen Termin warten mussten. Schon zwei Wochen später sollte das EEG stattfinden. Es musste ein Schlaf-EEG sein, da ich absolut still liegen blieben oder sitzen musste. Mama befürchtete schon, dass das bei mir schwierig werden könnte, weil ich ja tagsüber ohnehin keinen besonders guten Schlaf hatte. Eine Alternative dazu gab es jedoch nicht. Es musste untersucht werden. Diese Gewissheit, ob ich aufgrund meiner Gehirnaktivität zu Anfällen neigte, brauchten Mama und Papa unbedingt. Zum Schlafen sollte ich ja ein paar Tröpfchen von einem Medikament bekommen, das mir beim Einschlafen helfen sollte und dafür da war, dass ich gut weiterschlafen konnte.

Als der Tag für die EEG-Untersuchung da war, musste Mama mich schon ganz früh wecken. Um halb sechs morgens stand sie an meinem Bett, flüsterte leise meinen Namen und gab mir einen ganz liebevollen Kuss auf die Wange. Ich brauchte noch etwas Zeit, bis ich richtig wach war. Es war ja wirklich noch sehr früh und ich schlief eigentlich um diese Uhrzeit meistens noch. Sie zog mich an, machte mich im Bad fertig und fütterte mich. Das wohl schwierigste kam nun aber erst noch. Jetzt durfte ich bis zur Untersuchung um zwölf Uhr am Mittag auf gar keinen Fall mehr schlafen. Ich musste feststellen, dass es doch schwerer war als ich dachte. Gut eine Stunde vor der Untersuchung wollten wir losfahren ins Krankenhaus. Papa hatte schon so ein komisches Gefühl, weil ich so komisch war. Das hätte uns jetzt wirklich noch gefehlt, wenn ich eingeschlafen wäre. Kurz bevor Papa mir meine Jacke anziehen wollte, hätte ich tatsächlich fast die Augen geschlossen und war kurz davor einzuschlafen. Wie das immer so ist, wenn man etwas nicht darf, macht man es umso lieber. Es war wirklich kaum auszuhalten, so lange wach zu bleiben. Papa hätte ganz große Probleme gehabt, mich die ganze Zeit wach zu halten. Besonders im Auto wäre das spannend geworden. Mama hatte vorsichtshalber eine Frau vom Pflegedienst beauftragt, uns zu begleiten und mich während der Fahrt abzulenken. Sie sang mir Lieder vor und erzählte mir Geschichten. So viel Blödsinn wie an diesem Tag hat bisher noch keiner mit mir gemacht. Und alles nur, damit ich nicht einschlafe. Sie wussten irgendwie auch nicht, was sie von mir wollten. An den meisten Tagen wollten sie unbedingt, dass ich schlief und jetzt sollte ich auf gar keinen Fall einschlafen. Das sollte mal jemand verstehen. Bevor ich mir darüber wirklich Gedanken machen konnte, waren wir schon im Krankenhaus angekommen. Wie immer sind wir nicht sofort dran gekommen und mussten noch gut zehn Minuten warten. Die Blödeleien von Papa gingen auch im Wartezimmer noch weiter. Zehn Minuten konnten ja so was von lang sein, wenn man wach bleiben musste. Endlich wurde ich erlöst und es war soweit. Wir wurden aufgerufen. Im Untersuchungszimmer gab mir die Mitarbcitcrin des Krankenhauses ein paar Beruhigungstropfen, die mir helfen sollten, einzuschlafen. Die Wirkung setzte nach ungefähr 15 Minuten ein. Papa hielt mich die ganze Zeit auf dem Arm, bis ich eingeschlafen war. Er hatte schon so ein komisches Gefühl, dass das nicht gut gehen würde. Vorsichtig legte er mich auf die Behandlungsliege, die vorher weich gepolstert wurde, so dass ich kuschelig liegen konnte. Es dauerte keine zwei Minuten, bis ich wieder anfing zu zucken. Ich hatte ja schon mitbekommen, dass Mama und Papa sich Sorgen machten über das Zucken. Wenn ich Ihnen doch nur hätte sagen können, was ich erlebte, wenn ich so unruhig schlief. Es waren wunderbare Momente, die ich in diesen Phasen durchlebte. Nach dem Einschlafen war mein Körper ganz entspannt und mein Inneres fiel in eine andere Welt. Eine Welt, in der ich ein gesundes kleines Mädchen war, das mit seinen Freundinnen spielte und tobte. Ich hüpfte mit ihnen Seil und sprang über einen kleinen Bach, der durch einen Tannenwald führte. Jedes Mal beim Hüpfen und Springen übertrug sich das auf meinen schlafenden Körper, der dabei zuckte. Es war also überhaupt nicht schlimm, doch meine Eltern wussten das natürlich nicht. Auch diesmal im Krankenhaus wollte das Zucken wieder einmal nicht aufhören. Papa hatte größte Mühe, mich einigermaßen festzuhalten, so dass die Mitarbeiterin die Elektroden an meinem Kopf befestigen konnte. Schon kurz bevor sie damit fertig war, merkte Papa, dass ich wieder langsam aufwachte. „Typisch meine Tochter“, sagte er zu der Frau, die direkt begann, die Untersuchung zu starten. Sie hofften beide, dass es wenigstens für ein paar Minuten reichen würde. Still liegen wollte ich überhaupt nicht so lange. Ich versuchte die Elektroden loszuwerden. Mein Kopf bewegte sich viel und die Elektroden rutschten auf meinem Kopf hin und her. Von den geplanten zwanzig Minuten schafften wir dann nur knapp zehn Minuten, doch das sollte ausreichen für eine Beurteilung. Das Arztgespräch konnte erst eine Woche später stattfinden und so konnten wir direkt nach der Untersuchung wieder nach Hause fahren. Mein Schlaf-Wach-Rhythmus war total durcheinander an diesem Tag. Wahrscheinlich war ich durch die Tropfen noch so fertig, dass ich im Auto und auch Zuhause noch viel schlief. Das kannten meine Eltern wirklich nicht von mir. Ich hatte das offensichtlich aber mal gebraucht. Mama und Papa hofften und beteten die ganze Zeit bis zum Arztgespräch, dass nichts Auffälliges im EEG gefunden wurde.

Das Warten auf das EEG und den Arzttermin war nicht das Einzige, was Mama und Papa sehr zu schaffen machte nach meinem Anfall. Die Situation mit Sam geriet immer mehr außer Kontrolle. Er war kaum noch im Zaum zu halten. Das Spazierengehen mit ihm war nur noch ein wildes Ziehen und die vielen Versuche, dies immer wieder zu korrigieren. Er wurde scheinbar immer aggressiver gegenüber meinen Brüdern. Ein paar Mal hatte er nach Alexander geschnappt, obwohl er überhaupt nichts gemacht hatte, außer an ihm vorbei zu laufen. Die gesamte Belastung um mich herum war mehr und mehr zu viel für Mama und Papa. Eine alternative Ausbildungsstelle für Sam war nicht zu finden. Der Umfang der geplanten Ausbildung zum Therapiehund und die Vorbereitung zum Epilepsie-Warnhund konnte in der nahen Umgebung nicht erbracht werden. Sie mussten eine Entscheidung treffen, wie es weitergehen sollte. Es blieb nur ein sinnvoller Ausweg und Mama telefonierte deshalb mit der Züchterin, von der wir Sam hatten. Mama schilderte ihr, was sich in den letzten Monaten zugetragen hatte. Sie konnte es absolut verstehen, dass wir am Ende unserer Möglichkeiten und Kräften waren. Sie hatte damals schon Bedenken, ob wir das in der schwierigen Situation schaffen würden, auch noch einen Welpen zu erziehen. Nur wegen der geplanten Unterstützung durch den Hundetrainer, willigte sie bei der Auswahl vor einigen Monaten ein, uns einen Welpen zu verkaufen. Sie bot uns an, Sam zunächst für eine gewisse Zeit zu sich zu nehmen, um uns zu entlasten. Mama und Papa machten sich viele Gedanken darüber, wie es zukünftig weitergehen konnte. Sie wussten ja auch nicht, was noch alles auf uns zukommen würde in den nächsten Monaten und Jahren. Würde das mit einem Hund überhaupt funktionieren? Wer würde sich um Sam kümmern, wenn ich vielleicht ins Krankenhaus musste oder wir alle möglicherweise mal wegfahren würden und ihn nicht mitnehmen könnten? Viele Fragen mussten beantwortet werden, bevor sie wussten, was für uns und vor allem auch für Sam das Beste sein würde. Es war wirklich keine leichte Entscheidung. Mama und Papa diskutierten unheimlich viel darüber. Am Ende war es aber die einzige vernünftige Lösung, Sam zurück zur Züchterin zu geben, so dass sie sich um eine neue Familie für ihn kümmern konnte. Wir waren zwar alle sehr traurig darüber, dass es sich dermaßen entwickelt hatte und wussten doch, dass es ihm in einer anderen Familie, in die Menschen genügend Zeit für ihn hätten, sicher besser gehen würde. Sam hatte sich in der letzten Zeit sogar von mir ziemlich distanziert. Auch meine Brüder waren nicht mehr so verrückt nach ihm, wie es anfangs der Fall war. Papa versuchte zwar noch sich viel mit ihm zu beschäftigen, um ihn wieder besser in unsere Familie zu integrieren, aber es half nichts. Seine Bemühungen kosteten ihn nur weitere Kräfte, die er ohnehin kaum hatte. Er wollte sich lieber wieder mehr um meine Brüder und mich kümmern. Mama sprach sehr lange am Telefon mit der Züchterin über die Entscheidung, die sie sehr gut nachvollziehen konnte. Sie verabredeten einen Termin, wann Sam zu ihr gebracht werden sollte. Papa kostete es sehr große Überwindung, diese Strecke noch einmal zu fahren, aber es blieb ihm nichts anderes übrig. Außer ihm konnte niemand fahren. Er hoffte sehr, dass es ihm unterwegs nicht schlecht gehen oder er eine Panikattacke bekommen würde. Diese Angst fuhr immer mit ihm. Zum Glück ging es gut und es gab während der Fahrt keine schlimmen Vorkommnisse. Ich war sehr froh, als er wieder da war und zur Tür im Wohnzimmer herein kam. Bis zum Arztgespräch über das EEG mussten wir schon wieder warten. Diese ständige Warterei ging doch sehr an die Substanz. Jetzt endlich war der Termin für das Gespräch gekommen und meine Eltern interessierte es unheimlich, was bei der Untersuchung festgestellt wurde. Wir waren ungefähr eine Stunde beim Arzt und haben vieles zum Thema Epilepsie besprochen. Das Wichtigste war aber, dass es keinerlei Auffälligkeiten im EEG gab, die darauf hindeuteten, dass ich veranlagt war, zu Epilepsie zu neigen. Der Arzt relativierte dies allerdings wieder, weil bei einer vorliegenden Veränderung des Gehirns, so wie es bei mir war, immer ein hohes Risiko für Epilepsie vorhanden war. Ich musste von nun an von meinen Eltern genau beobachteten werden und alle Vorkommnisse in einem Tagebuch niedergeschrieben werden. Sie sollten darin alles eintragen, was nicht normal für mich war. Papa hat dann noch eine Telefonnummer vom Arzt bekommen, wo er immer anrufen könnte, wenn mal wieder ein Ereignis eintreten würde. Hoffentlich würden wir diese Nummer so schnell nicht brauchen. Wir waren sehr froh, dass bei der Untersuchung nichts gefunden wurde und konnten ziemlich beruhigt wieder gehen. Zuhause angekommen, legte mich Mama nach dem Mittagessen in mein Bett. Es war Zeit für meinen Mittagsschlaf. Die letzte Nacht hatte ich wirklich total schlecht geschlafen und war fast jede halbe Stunde wach. Woran das lag, weiß ich auch nicht wirklich, denn es ging mir ja eigentlich ziemlich gut. Jedenfalls war ich sehr schnell eingeschlafen an diesem Mittag, denn ich musste ja einiges an Schlaf nachholen. Wieder begann dieses Zucken kurz nach dem Einschlafen und war dieses Mal auch ziemlich stark. Ich war nun aber wieder ein gesundes Mädchen in ihrer eigenen Welt. Diesmal waren aber meine Freundinnen gar nicht da, mit denen ich sonst immer gespielt hatte. Ich suchte sie überall und rief nach ihnen, doch scheinbar hörten sie mich nicht. Eine vertraute Stimme rief mich auf einmal mit sanftem Klang, wie ich es schon viele Male gehört hatte. „Hallo Liebes!“, hörte ich es ganz aus der Nähe. Das konnte nur Jonathan sein. Die Freude über seine Anwesenheit war riesengroß. Ich hatte schon befürchtet, ihn gar nicht mehr zu sehen und zu hören, nachdem er sich das letzte Mal von mir verabschiedete. Endlich konnte ich ihn auch sehen. Er kam langsam auf mich zu. Seine weißen Flügel glänzten im Schein der Sonne, die über uns strahlte. „Es ist so schön dich zu sehen, Jonathan.“, rief ich ihm zu. Ich begann zu rennen. Immer schneller rannte ich ihm entgegen. Er breitete seine Arme aus und fing mich auf. Eine Träne kullerte über meine Wange, so sehr freute ich mich auf unser Wiedersehen. Jonathan drückte mich fest an sich und erklärte mir, warum er wieder bei mir war. „Ich habe die letzten Monatc alles verfolgt, was in deinem Leben passiert ist, kleine Maus. Du bist zu einer starken Kämpferin geworden, die sich so schnell nicht aus der Ruhe bringen lässt. Ich bewundere dich dafür. Es ist großartig, wie selbstsicher du mit deiner Besonderheit umgehst und auch deine Eltern wieder vereint hast. So viele Menschen nehmen mittlerweile an deinem Leben Anteil und freuen sich über jedes Lächeln von dir. Du wirst eines Tages noch viel mehr erreichen können mit deiner unwiderstehlichen Art, die Menschen zu begeistern. Vertraue immer auf dich. Das mit Sam tut mir auch sehr leid. Ich habe einige Wochen vor dem Ende der Ausbildung schon vermutet, dass so etwas passieren würde. Aber glaube mir wenn ich dir sage, dass es ihm gut geht. Er wird in eine gute und liebevolle Familie kommen. Für dich, liebe Katharina, bin ich nun wieder jederzeit da. Ich habe vielen bei uns von dir erzählt und sie werden dich ebenfalls gerne hin und wieder besuchen. Du wirst niemals alleine sein, denn du hast eine tolle Familie und viele wunderbare Freunde in deinem Leben.“ Jonathan verstand es wie kein anderer mich aufzuheitern. Er machte mir immer wieder Mut. Natürlich ging es mir in meiner Traumwelt hervorragend. Ich war gesund und konnte alles tun, was andere Kinder in meinem Alter auch machten. Doch das war nicht die Realität, der ich mich jeden Tag stellen musste. Dafür war ich endlich bereit. Jetzt, nachdem Jonathan mit mir gesprochen hatte, fiel es mir noch leichter, die kommenden Entwicklungen in meinem Leben anzunehmen. Mein Mittagsschlaf war zu Ende und ich verabschiedete mich noch schnell von Jonathan, bevor ich aufwachte. Ich wusste, dass ich ihn schon bald wiedersehen würde und freute mich schon jetzt darauf.

Mama und Papa hatten vor einigen Monaten von einem Bekannten, den wir auch erst über meine Facebook-Seite kennenlernten, das Angebot bekommen, für mich eine Benefizveranstaltung zu machen. Da er dies schon mehrfach für diverse Organisationen durchgeführt hatte, waren wir sehr gespannt darauf. Er hatte für die Gala mehrere prominente Gäste eingeladen. Auch die Presse würde vor Ort sein und darüber berichten. Schon bald sollte es soweit sein. Er wollte natürlich gerne, dass wenigstens einer von uns dabei wäre, doch das gestaltete sich sehr schwierig. Papa ging es gerade äußerst schlecht und er hatte große Probleme mit dem Auto zu fahren. Auch eine lange Zugfahrt schied aus. Die Veranstaltung fand knapp vier Stunden von uns entfernt statt und dies konnte weder Papa noch Mama so ohne Weiteres einfach fahren. Einige Tage vorher nahmen sie deshalb eine Videobotschaft auf, die auf der Gala gezeigt werden sollte. Das Fernsehteam hatte aber großes Interesse daran, dass Papa bei der Gala dabei sein könnte und bot an, dass ihn ein Fahrer zur Veranstaltung und wieder nach Hause fahren könnte. Papa kämpfte mit sich und es kostete ihn große Überwindung. Für mich besiegte er vorübergehend seine Ängste. Zwei Tage später wurde sogar schon ein Bericht im Fernsehen über die Veranstaltung gezeigt. Teile der Videobotschaft und ein großes Bild von mir kamen ebenfalls darin vor. Es war wirklich schön, mich im Fernsehen zu sehen. Die Produktionsfirma wollte für eine Sendung eine Woche später noch die Übergabe des Spendenschecks aufnehmen. Also war das Kamerateam mit dem Veranstalter und prominenter Unterstützung bei uns Zuhause. Für meine Brüder und mich gab es noch eine Überraschung. Nach der Übergabe fuhren wir alle gemeinsam in einen kleinen Zoo, in dem wir den Nachmittag zusammen verbrachten. Endlich konnten meine Brüder sich auch mal wieder austoben und Spaß haben. Durch die ganzen Schwierigkeiten der letzten Monate hatten sie doch stark unter allem gelitten. Es war nach wie vor sehr schwer für sie, alles so zu akzeptieren. Der Ausflug war sehr schön und meine Brüder waren so geschafft, dass sie noch im Auto auf dem Heimweg einschliefen. Solche Ausflüge waren in letzter Zeit viel zu selten geworden. Mit etwas Glück würden wir bald das Geld für das Auto zusammen haben und dann auch wieder mit der ganzen Familie etwas unternehmen können. Doch dies konnte auch den Kummer, den Mama noch manchmal in sich trug, nicht ausräumen.

Einmal hatte ich vor vielen Wochen gehört, wie Mama einer Freundin am Telefon sagte, dass sie sich so sehr wünschte, irgendwann einmal von mir „Mama“ zu hören. Ich fing ja schon seit einiger Zeit an, immer wieder ein paar Töne von mir zu geben, die man fast als Teile eines Wortes erkennen konnte. Ich wollte ihr so gerne diesen Wunsch schon bald erfüllen. Oft brabbelte ich vor mich hin und übte damit ganz fleißig. Ich wusste, dass ich es schaffen könnte, wenn ich nur genug probieren würde. Es gab Tage, da konnte man mich kaum stoppen und ich übte den ganzen Tag, irgendein Wort heraus zu bekommen. Die Sommerferien von meinen Brüdern waren nun fast schon zu Ende. Für Alexander bedeutete das Ende der Ferien, dass er nun kein Kindergartenkind mehr war. Er wurde mit seinen erst fünf Jahren eingeschult. Die Untersuchungen und Tests im Vorfeld der Einschulung verliefen alle so gut, dass nichts dagegen sprach. Damit würde er der Jüngste in seiner Klasse sein, denn er hatte ja noch ein paar Wochen bis zu seinem sechsten Geburtstag. Mama und Papa waren sehr stolz auf ihn, dass er schon so weit war für sein Alter. Er bekam von einer Freundin eine ganz tolle Schultüte gebastelt. Besonders mochte er Spiderman und das wünschte er sich auch als Motiv für seine Schultüte. Ich war unglaublich fasziniert davon. Ob ich wohl auch eines Tages eine so schöne Schultüte haben würde? Mein Blick klebt die ganze Zeit nur an der Schultüte, bis wir uns auf den Weg in die Schule machten. Die Einschulungsfeier war ziemlich kurz. Außer Mama, Papa und mir war auch niemand sonst von unserer Familie mit dabei. Bei vielen anderen Kindern waren die Omas oder Tanten in der Schule. Doch bei uns war das leider nicht so. Nun gut, Mama und Papa hatten sich damit bereits auseinander gesetzt und abgefunden. Es gab Dinge, die wir nicht ändern konnten. Vielleicht war einfach auch noch nicht der richtige Zeitpunkt dafür gekommen. In der Aula der Schule war es total voll und durch meinen Rehabuggy brauchte ich unheimlich viel Platz. Mama und ich quetschten uns an den Rand der Aula, wo es nicht ganz so voll war, so dass wir wenigstens etwas von den Aufführungen mitbekamen. Papa versuchte auf der anderen Seite einen guten Platz zu erwischen, um Fotos zu machen. Als Alexander mit seiner neuen Klasse zur ersten Unterrichtsstunde ging, fuhren wir in der Zwischenzeit nach Hause. Ich bekam Hunger und Mama holte Alexander dann alleine wieder ab.

Es war schon sehr traurig, dass unsere Familie im Wesentlichen derart klein geworden war. Zuletzt gab es nur noch die Tante von meiner Mama und ihren Mann. Mit der Schwester von Papa gab es nur hin und wieder mal Kontakt. Umso mehr freute ich mich, dass meine Tante andere Tante sich bei Mama gemeldet hatte und die beiden sich aussprechen konnten. Sie hatten sich schon immer recht gut verstanden und keiner von beiden wusste wirklich so genau, warum der Kontakt zwischen ihnen abgebrochen war. Mama war sehr glücklich darüber, dass sie mit ihrer jüngsten Schwester wieder zusammengefunden hatte. Als ob Mama nicht schon genug Zeit investierte, um mich zu pflegen, für meine Brüder da zu sein und den Haushalt zu schmeißen, gab es auch auf meiner Facebook-Seite immer wieder großen Ärger. Es gab offensichtlich noch immer einige Menschen, die das, wofür sich meine Eltern entschieden hatten, als wir an die Öffentlichkeit gegangen waren, nicht gut fanden. Gerade im Moment gab es wieder einen regelrechten Angriff auf meine Eltern. Wüste Beschimpfungen und Unterstellungen gehörten dazu. Es ließ sich nicht mehr vermeiden, dass dagegen rechtlich vorgegangen werden musste. Ich fragte mich oft, woher Mama diese unglaublich Kraft nahm, dies alles einfach wegzustecken und zu verkraften. Aber natürlich gab es auch bei mir wieder etwas, das sich in die Liste meiner Diagnosen einreihte. Durch meine sehr eingeschränkte Bewegung und die fehlenden Belastungen meiner Knochen und Gelenke, wurde uns empfohlen, regelmäßig meine Hüfte und Wirbelsäule kontrollieren zu lassen. Man sagte uns, dass alle zwei Jahre ausreichend wären. Genau jetzt war es soweit und Mama machte direkt einen Termin beim Orthopäden. Noch kurz vor meinem zweiten Geburtstag hatten wir schon einen Termin bekommen. Oh ja, ich hatte ja auch bald Geburtstag! Ob Mama und Papa wohl wussten, dass ich genau weiß, was das ist? Manchmal dachten sie wohl, ich würde das alles nicht mitbekommen. So war es aber überhaupt nicht. Mama beschäftigte sich schon seit einiger Zeit damit, eine kleine Feier für mich zu organisieren. Es sollte alles von HelloKitty sein. Sogar der Geburtstagskuchen. Sie suchte und suchte, fand aber nur Konditoren, die fast ein Vermögen für eine solche Torte verlangten. Der Tag kam immer näher, aber vorher mussten wir ja noch zum Orthopäden. Zuerst wurde die Hüfte mit Ultraschall untersucht. Dabei schien zunächst noch alles unauffällig zu sein. Allerdings war der Arzt etwas unsicher, weil es anders als bei kleinen Babys natürlich schon deutlich weniger Weichteilgewebe bei mir gab, durch das man hindurch schallen konnte. Zur Sicherheit wollte er noch ein Röntgenbild anfertigen lassen. Papa trug mich einmal quer über den Hof zwischen den zwei Arztpraxen. Und nun musste ich schon wieder ganz still liegen bleiben, um ein gutes Bild meiner Hüfte zu bekommen. Wenn ich gewackelt hätte, wären weitere Aufnahmen nötig gewesen, was zusätzliche Röntgenstrahlen bedeutet hätte. Zum Glück hat Papa mich gut festgehalten und das Bild war in Ordnung. Er sah schon echt lustig aus mit der rosafarbenen Schürze. Fast hätte ich ihn nicht erkannt mit dieser Verkleidung. Das Resultat, das man auf dem Röntgenbild gut erkennen konnte, war weniger schön. Man konnte gut sehen, dass meine linke Hüfte sich nicht richtig entwickelte, was vor allem durch die fehlende Belastung zustande kam. Andere Kinder laufen und das führt dazu, dass sich die Knochen und Muskeln richtig ausbildeten. Bei mir fehlte das logischerweise. Zur notwendigen Therapie überwies er mich zu einem

Spezialisten im Bereich der Kinderorthopädie. Ich war frustriert. Es hörte einfach nicht auf und Papa konnte es kaum fassen, dass wir schon wieder in ein Krankenhaus mussten. Ständig kam wieder etwas hinzu, das nach vielen schönen Dingen, wieder zu einem Rückschritt führte. Es war wie ein nicht endender Film, der immer wieder wiederholt wurde und doch bei jeder Wiederholung einen etwas anderen Inhalt hatte. Jammern half uns aber auch diesmal nicht. Mein Geburtstag stand jetzt erst einmal im Mittelpunkt und darauf freuten wir uns schon sehr. Mama besorgte ganz viele Sachen von HelloKitty. Sie wollte eine richtig schöne Geburtstagsfeier für mich machen. Meine Tante hatte versprochen, mir eine HelloKitty-Geburtstagstorte zu schenken. Darauf war ich schon sehr gespannt. Meine Eltern dekorierten mit ganz viel Liebe unsere Garage, denn dort war genug Platz für die Gäste. Es hatten leider kurz zuvor noch Einige abgesagt aber ich freute mich trotzdem schon sehr. Natürlich machte uns das Wetter wieder einmal einen Strich durch die Rechnung, denn es regnete schon den ganzen Tag. Aber dann hatte Petrus wohl doch ein Einsehen mit mir und schickte die Sonne zu uns. Jetzt stand meinem Wachstum ja nichts mehr im Wege. Erst wurde ich durch den Regen gegossen und dann kam das Sonnenlicht, um mir beim Wachsen zu helfen. So war es genau richtig. Beim Anblick der Geburtstagstore kamen wir aus dem Staunen nicht mehr heraus. Sie war richtig toll geworden und eigentlich war sie viel zu schade, um sie anzuschneiden. Mama hat es aber dann doch gemacht und sie war total lecker. Geschenke habe ich eine ganze Menge bekommen. So viele liebe Menschen haben Sachen geschickt. Es war unglaublich, wie sehr an mich gedacht wurde. Dank dieser wundervollen Menschen war es ein sehr schöner Geburtstag. Jetzt war ich zwei Jahre alt und wollte nun endlich meiner Entwicklung auf die Sprünge helfen und weiter voran kommen. Ich spürte schon vor meinem Geburtstag, dass Mama mir in den letzten Wochen sehr viel Liebe gab. Sie hatte einen so wunderbaren Blick, wenn sie mir in die Augen sah. Dieser Blick sagte unglaublich viel aus. Sie war glücklich. Glücklich darüber, dass ich bei ihr war und dankbar zugleich, dass sie auserwählt wurde, um meine Mutter zu sein. Schön war es, dies aus ihren Augen zu lesen. Gerade im Moment war es ja oft nicht leicht mit mir. Vor allem beim Einschlafen brauchte ich immer Nähe. Das hatte sich über die Monate so ergeben. Anfangs konnte ich immer alleine ins Bett gehen. Jetzt aber, mussten Mama oder Papa sich immer mit mir ins Bett legen, bis ich eingeschlafen bin. Ich war mittlerweile eben ein richtiges Schmusekind geworden und eine kleine Genießerin für Streicheleinheiten. Papa sang mir im Bett immer Schlaflieder vor, die mich innerhalb kurzer Zeit zum Einschlafen brachten.

Mein zweites Lebensjahr fing nicht besonders gut an. Nur vier Tage nach meinem Geburtstag waren wir beim geplanten Termin beim Kinderorthopäden, der nun entscheiden sollte, wie es mit meiner Hüfte weiter gehen würde. Niemand hätte geahnt, dass es schon solche Ausmaße angenommen hatte. Meine Eltern hatten sich zwar schon an viele schlechte Nachrichten gewöhnt und auch dieses Mal war es alles andere als gut, was der Arzt uns sagte. Nach einer ausführlichen Untersuchung und dem Betrachten des Röntgenbildes war für ihn schnell klar, dass es schon eine weit fortgeschrittene Veränderung der Hüftgelenke auf der linken Seite war, die bei mir vorlag. Er war sich sehr sicher, dass dies nur durch eine Operation wieder korrigiert werden könnte. Zuvor sollte durch eine spezielle Spreizhilfe versucht werden, eine Verbesserung zu erzielen und auf jeden Fall die Probleme nicht zu verschlimmern. Ein halbes Jahr lang musste ich nun eine Schiene tragen, die meine Beine permanent in einer gewissen Spreizung auseinander hält. Es lag ihm viel daran, meine motorische Entwicklung nicht durch eine sofortige Operation zu bremsen. Ich fing ja gerade an, für kurze Zeit alleine zu stehen. Natürlich ging das nur, wenn ich mich auf unserem Sessel oder dem Wohnzimmertisch abstützen konnte, aber es war ein ganz wichtiger Schritt in meiner Entwicklung. Mama war überhaupt nicht begeistert davon, dass ich möglicherweise operiert werden musste. Sie wollte alles Mögliche versuchen, um eine Operation vielleicht noch vermeiden zu können. Die Spreizhilfe war ein wichtiger Schritt dazu. Doch nun musste ich sie rund um die Uhr tragen. Das alleine hätte ja nicht gereicht, um unsere Familie einmal mehr auf die Probe zu stellen. Nur eine Woche später ging es mir richtig schlecht. Ich bekam sehr hohes Fieber, das auch durch Fieberzäpfchen nicht gesenkt werden konnte. Mama war auf dem Elternabend von meinem Bruder in der Schule. Papa schaute regelmäßig nach meiner Temperatur. Als diese immer weiter stieg, machte er Wadenwickel. Doch die halfen ebenfalls nicht und es blieb nur noch die Fahrt ins Krankenhaus. In der Notaufnahme war man sich auch nicht sicher, woher das Fieber kam. Durch die vorhandene Grunderkrankung wollte der diensthabende Arzt sicherheitshalber, dass ich stationär aufgenommen werden sollte. Daraus wurden am Ende drei Tage Aufenthalt. Erst fand niemand so richtig, woher das Fieber kam. Letztendlich schien sich der Verdacht auf eine Lungenentzündung zu bestätigen. So etwas fehlte mir dann auch noch so kurz nach meinem Geburtstag und der Diagnose zu meiner Hüfte. Es wäre mal schön gewesen, wenn wir jetzt endlich etwas Ruhe bekommen hätten, um auch mal für eine gewisse Zeit durchatmen zu können. Mein lieber Freund Jonathan besuchte mich täglich im Krankenhaus. Er saß viel bei mir am Bett und streichelte meine Stirn und meinen Kopf. Natürlich waren Mama und Papa auch bei mir. Sie wollten mich ja schließlich nicht alleine lassen. Wegen meiner Brüder, die nicht mit dort bleiben konnten, wechselten sie sich ab. Ich war so froh, als ich endlich wieder nach Hause gehen durfte. Der Aufenthalt im Krankenhaus hatte mir fürs Erste gereicht. Jetzt war es an der Zeit, fleißig immer wieder das Babbeln zu üben und dann klappte es tatsächlich. Nur ein paar Tage später hörten meine Eltern etwas, das sie lange nicht für möglich hielten. Ich sagte ganz deutlich „Mama“. Ich sah danach direkt zu Mama und erkannte, wie sie anfing zu weinen. Damit hatte ich ihr wohl einen ihrer größten Wünsche erfüllt.

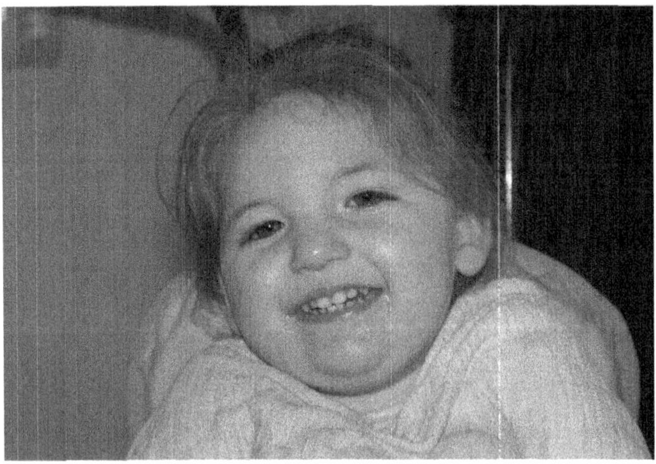

Kapitel 1 3

Die Reise wird weitergehen

Die letzten zwei Jahre waren sehr ereignisreich. Es gab viele schöne und auch viele traurige Momente. Meine Entwicklung verlief insgesamt doch ziemlich gut. Mama und Papa meinen, dass die motorischen Probleme größer sind als die geistigen. Das zeigt ja auch, dass ich anfange einzelne Wörter zu sprechen und ganz toll reagiere, wenn man sich mit mir beschäftigt. Leider klappt es mit dem Sitzen und Abstützen in Bauchlage noch immer nicht besonders gut. Damit kann ich aber ganz gut leben. Es gibt genug Hilfsmittel, die mich dabei unterstützen können. Mein treuer Freund Jonathan besucht mich nun sehr oft und bringt auch hin und wieder jemanden mit. Mama und Papa denken immer, ich würde einfach in die Luft schauen, aber in Wirklichkeit habe ich dann Besuch von meinen Engeln. Vieles, was wir in den letzten beiden Jahren als Familie geschafft haben, hätte wohl niemand für möglich gehalten. Die Krankheit von Papa und auch die gesundheitlichen Probleme von Mama sind gegenwärtig noch immer vorhanden und holen uns an manchen Tagen wieder ein. Meine Reise ist noch lange nicht zu Ende. Sie begann als kleiner Stern am Himmel, der eine Besonderheit in sich trug. Lange Zeit war es schwer, meine Besonderheit zu erkennen und anzunehmen. Noch heute ist sie jeden Tag präsent. Durch meine Familie und Jonathan bin ich ein Teil dieser Erde geworden. Der Weg auf den Gipfel des Berges ist noch lang und anstrengend. Wir werden möglicherweise auch einige Umwege in Kauf nehmen müssen. Mit unserer gemeinsamen Kraft wird kein Aufstieg unmöglich sein. Meine Träume geben mir Mut, dass ich eines Tages umhertollen und mit anderen Kindern rennen und spielen kann. Ich danke Gott dafür, dass er mich auserwählt hat, mit meinen Brüdern und meinen Eltern, aber auch mit unseren Freunden, ein Teil dieses Lebens zu sein. Wir haben viel aus den vergangenen Monaten gelernt. Es lohnt sich immer den eingeschlagenen Weg weiter zu gehen, egal wie schwer er auch sein mag. Am Ende sieht man stolz auf die erreichten Ziele zurück und erinnert sich gerne an eine ereignisreiche und schöne Zeit.

Eure Katharina!

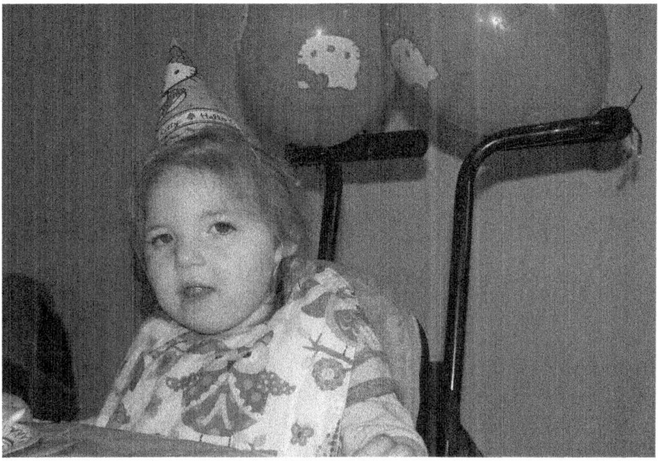

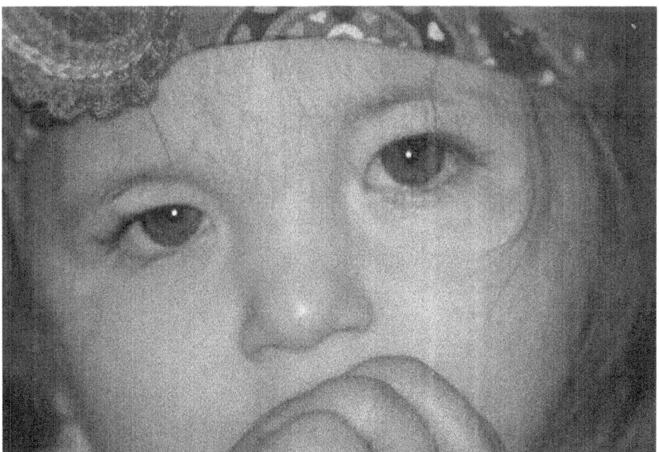

Zum Schluss möchte ich allen lieben Menschen, die mich und meine Familie in den letzten Monaten unterstützt haben, ein großes Dankeschön sagen!

Es ist wundervoll, dass es noch so viel Gutes in unserer Welt gibt!